edition suhrkamp 2786

Als junge feministische Stimme aus Bosnien hat Selma Asotić sich bereits international einen Namen gemacht. Ihre Lyrik ist einfach, bilderreich und prägnant. Sie findet eine Sprache für die Zerrissenheit zwischen Heimat und Fremdsein; für Liebe und lesbisches Begehren; für den generationenlangen Weg der Frauen vom Schweigen zum Sprechen – vor allem aber für den Krieg als den brutalen ständigen Begleiter, der sie in ihren Träumen verfolgt und dem sie trotzdem den Kopf hält, wenn er, alt geworden und sich um seine Bedeutung sorgend, erbrechen muss: »Schon gut, Alter, ich erinnere mich noch an dich.« Selma Asotić verdichtet in diesen 37 Gedichten unprätentiös und kunstvoll Erfahrungen, die nicht aufhören, sondern sich im Gegenteil immer fortsetzen.

Selma Asotić, 1992 im belagerten Sarajevo geboren, studierte zunächst in ihrer Heimatstadt Komparatistik und machte später ihren Master in Boston/MA. In Sarajevo gab sie 2017 bis 2021 die feministische Theorie- und Kunstzeitschrift BONA heraus. *Sag Feuer* ist ihr preisgekröntes Debüt. Selma Asotić lebt in den USA.

Marie Alpermann, 1988 in Leipzig geboren, studierte Slawistik und übersetzt seit 2019 postjugoslawische Gegenwartsliteratur. Sie lebt in Halle/Saale.
Rebekka Zeinzinger, 1992 in Niederösterreich geboren, studierte Komparatistik in Wien und war Auslandslektorin in Sarajevo.

Selma Asotić

Sag Feuer

Gedichte

Bosnisch und deutsch

Aus dem Bosnischen von
Marie Alpermann und Rebekka Zeinzinger

Suhrkamp

Die bosnische Originalausgabe erschien 2022 unter dem Titel
Reci vatra bei Raštan in Belgrad.

traduki

Die Herausgabe dieses Werks wurde gefördert durch TRADUKI, ein literarisches Netzwerk, dem das Bundesministerium für europäische und internationale Angelegenheiten der Republik Österreich, das Auswärtige Amt der Bundesrepublik Deutschland, die Schweizer Kulturstiftung Pro Helvetia, das Forum Literaturübersetzen Österreich im Auftrag des Bundesministeriums für Wohnen, Kunst, Kultur, Medien und Sport der Republik Österreich, das Goethe-Institut, die S. Fischer Stiftung, die Slowenische Buchagentur, das Ministerium für Kultur und Medien der Republik Kroatien, das Ministerium für Äusseres, Umwelt und Kultur von Liechtenstein, die Kulturstiftung Liechtenstein, das Ministerium für Wirtschaft, Kultur und Innovation der Republik Albanien, das Ministerium für Kultur der Republik Serbien, das Ministerium für Kultur Rumäniens, das Ministerium für Kultur und Medien von Montenegro, die Leipziger Buchmesse, das Ministerium für Kultur und Tourismus der Republik Nordmazedonien und das Ministerium für Kultur der Republik Bulgarien angehören.

Die Arbeit der Übersetzerinnen wurde mit einem Stipendium des Deutschen Übersetzerfonds gefördert.

Erste Auflage 2025
edition suhrkamp 2786
Deutsche Erstausgabe

Umschlag gestaltet nach einem Konzept von Willy Fleckhaus:
Rolf Staudt
Satz: Satz-Offizin Hümmer GmbH, Waldbüttelbrunn
Druck: C.H. Beck, Nördlingen
Printed in Germany
ISBN 978-3-518-12786-5

Suhrkamp Verlag GmbH
Torstraße 44, 10119 Berlin
info@suhrkamp.de
www.suhrkamp.de

Sag Feuer
Reci vatra

krajolik sa stopama u pepelu

Moraš najprije otići da bi priča započela,
tome su me naučile bajke.
Otišla sam. Sad za mnom kloparaju
ucviljeni duhovi. Pokušavam ih umiriti.
Preko noći na terasi
ostavljam posudu s mlijekom. Obećavam
izlet na more. Oni odlaze. Kad sam sama u prostoriji,
svim katastrofama lako je utvrditi porijeklo.
Zakopavam svoj um. Beskorisnu
vodenicu što melje glasove, plastične slamke,
račune, ruke koje zahtijevaju davati
i davati. Svoje ruke vrgnem
niz rijeku. One se u ušću
prisjete svega. U mojoj je glavi
farma krugova. Ako umrem, baš sad,
niko neće dovršiti to što sam pošla reći. I šta ćeš onda,
moj jade? Već august. Kad je toplo,
stvari se šire. Širi se i vrijeme. Drveće
guta vatra, čitave šume. U jednom trenutku
više neće biti ničega što bi moglo izgorjeti.
Vatra nema budućnost. Kakvo olakšanje
za vatru.

Landschaft mit Füßen in der Asche

Du musst fortgehen, erst dann beginnt die Geschichte,
das habe ich aus Märchen gelernt.
Ich ging. Jetzt poltern mir traurige Geister
hinterher. Ich versuche sie zu besänftigen.
Über Nacht stelle ich eine Schale Milch
auf die Terrasse. Ich verspreche
einen Ausflug ans Meer. Sie gehen. Wenn ich allein im Raum bin,
ist klar, wo alle Katastrophen herkommen.
Ich begrabe meinen Verstand. Nutzloses
Mühlrad, das Stimmen zermahlt, Plastikhalme,
Rechnungen, Hände, die verlangen zu geben
und zu geben. Meine Hände werfe ich
in den Fluss. An der Mündung erinnern
sie sich an alles. Mein Kopf züchtet
Gedankenkreise. Wenn ich jetzt sterbe,
wird niemand zu Ende bringen, was ich sagen wollte.
Und was dann,
mein Weh? Schon August. Bei Hitze
dehnen sich die Dinge aus. Auch die Zeit dehnt sich aus. Das Feuer
verschluckt Bäume, ganze Wälder. Irgendwann
gibt es nichts mehr, das abbrennen könnte.
Feuer hat keine Zukunft. Welch eine Erleichterung
für das Feuer.

niko ne piše kući

Riječi drijemaju u toploj
jazbini daha. Mašemo
jedna drugoj, zbogom.
Onda dolazi daljina.
Stare molitve koje smo skrivale
u pukotinama zidova,
za svece, kad krenu marširati.
Isprobavam polovne gradove,
za broj prevelike i izlizane
tuđim samoćama. Spomenici
prolaze. Polja duboko zamišljena.
Trgovi prolaze i sa njima
raspričane fontane. Na štrikovima košulje
vijore se kao predaja.
Miris mokre kore.
Zurim u hiljadu i jednu noć
i na dnu nekih je lice koje me voli.
Nebo ostaje isto –
drago i nedostižno. Jedan kontinent
uspavankom silazi u okean.
Zamišljam te na drugoj strani,
u istoj sobi gdje sam tumačila
tvoje okolišanje u iktusima dima.
Mama, sad stižu sveci
        koji nikada ne stignu.
I nema nikakve božanske tajne,
ništa u središtu svijeta
osim ruku, neumornih

Niemand schreibt nach Hause

Worte schlummern in der warmen
Atemhöhle. Wir winken
einander zu, leb wohl.
Dann folgt die Entfernung.
Alte Gebete, die wir in
Mauerritzen versteckt haben,
für die Heiligen, wenn sie einmarschieren.
Ich probiere alte Städte an,
eine Nummer zu groß und abgetragen
von fremden Einsamkeiten. Denkmäler
ziehen vorüber. In Gedanken versunkene Felder.
Plätze ziehen vorüber und mit ihnen
die plappernden Springbrunnen. Hemden an Wäscheleinen
flattern wie zur Kapitulation.
Der Geruch feuchter Rinde.
Ich starre in tausend und eine Nacht,
und in mancher ihrer Tiefen ist ein Gesicht, das mich liebt.
Der Himmel bleibt gleich –
freundlich und unerreichbar. Ein Kontinent
sinkt beim Schlaflied in den Ozean.
Ich stelle mir dich auf der anderen Seite vor,
im selben Zimmer, in dem ich deine Ausreden
in Ikten aus Rauch übersetzte.
Mama, die Heiligen kommen,
    aber sie kommen nie an.
Und göttliche Geheimnisse gibt es nicht,
nichts im Zentrum der Welt,
nur Hände, die unermüdlich

u traženju. Zato me pusti
da govorim glađu
onih koji unaprijed gube,
glasom širokim kao praskozorje.

suchen. Darum lass mich
zum Hunger derer sprechen,
die im Voraus verlieren,
meine Stimme weit wie das Morgengrauen.

prvi put u jedinom lezbijskom baru u mom gradu

Crna rupo u zidu,
    večeras nosim svoj najbolji očaj i kožu
punu kostiju što su ih tri džina tresnula u ruševine.
    Poput svjetlosti
        došla sam da ostanem.
Iza vrata vecea djevojke
uzdižu se kao aleluja, rekla sam želim
    to što želim, baziliko znoja,
ovdje sveznajuća usta mogu ispjevati tijelo u budućnost.
    Ja samo čekam
da me neko dodirne baš tamo
gdje želim nestati, i kad bi ruka
potražila moja krsta pronašla bi sve
već oprošteno.   Ne reci želja.
Tražim dlan na kojem mogu sagorjeti i znam
    da već vidio si sunca, ali nikada
jedno ovako bespoštedno, moj svode
    ugljenisanih uzdaha,
uzmi me ovakvu kakva jesam, prerijsku
    i još cijelu, neustrašivu,
                drhteći pomalo.

Zum ersten Mal in der einzigen Lesbenbar meiner Stadt

O schwarzes Loch in der Wand,
heute Abend trage ich meine beste Verzweiflung und
eine Haut
voller Knochen, von drei Dschinns in Trümmer gelegt.
Wie das Licht
bin ich gekommen, um zu bleiben.
Die Frauen hinter der Klotür
schwingen sich auf wie das Halleluja, ich sagte, ich will,
was ich will, o Basilika des Schweißes,
hier können allwissende Münder den Körper in die Zukunft
singen.
Ich warte nur,
dass mich jemand genau dort berührt,
wo ich mich auflösen will, und wenn eine Hand
meine Hüfte suchte, fände sie alles
bereits verziehen. Sag nicht Begehren.
Ich suche eine Hand, in der ich verbrennen kann, und weiß,
du hast schon Sonnen gesehen, aber nie
eine so unbarmherzige, o mein Gewölbe
aus verkohlten Seufzern,
nimm mich so, wie ich bin, ein Präriewesen,
noch unversehrt und furchtlos,
leicht zitternd.

coming out

Bilo je tijelo.
        I drugo tijelo.
Između njih kost u grlu.
Kretala se kroz gomilu nonšalantno
kao vatra. Čitava neba
gladovala su na mojoj koži.
        Pokušavam objasniti.
Nekad je potrebno slagati da bi se rekla
istina, naučila me poezija.
Reći ću:
nekad je zemljotres
samo nova linija osmijeha
na licu tla.
Nekad umjesto ključeva u džepu nađeš
okot planeta, šumu, guduru,
sedam rijeka svezanih u buket.
Brazdu svitanja. Voljenje
koje stiže nikad poput noći
jer nema takvog strpljenja.
        Počet ću ponovo.
Tijelo. Jedno,
pa drugo. Prsti koji se kotrljaju
niz kožu kao septembar. Poslije,
soba presita od svjetlosti.
Poslije, okrećeš se na vratima, mama,
i pitaš jesam li jedna od njih.
Riječi, naučila me poezija,
trebaju biti kao zubi,

Coming-out

Ein Körper.
        Und ein anderer Körper.
Dazwischen ein Kloß im Hals.
Sie bewegte sich lässig durch die Menge
wie Feuer. Ganze Himmel
hungerten auf meiner Haut.
        Ich versuche es zu erklären.
Manchmal musst du lügen, um die Wahrheit
zu sagen, das hat mich die Poesie gelehrt.
Also sage ich:
Manchmal ist ein Beben
bloß eine neue Lachfalte
im Antlitz der Erde.
Manchmal findest du statt der Schlüssel in der Tasche
einen Haufen Planeten, einen Wald, eine Kluft,
sieben Flüsse, zum Strauß gebunden.
Eine Furche der Morgendämmerung. Lieben,
das nie kommt wie die Nacht,
dazu fehlt ihm die Geduld.
        Ich beginne noch einmal von vorn.
Körper. Der eine,
der andere. Finger, die über die Haut
kullern wie der September. Später
das Zimmer satt vom Licht.
Später drehst du dich in der Tür um, Mama,
und fragst mich, ob ich eine von denen bin.
Wörter, das hat mich die Poesie gelehrt,
müssen wie Zähne sein,

trebaju biti to što jesu.
Majušna sječiva.
Sa srcem u središtu,
koje pulsira,
i pulsira.

müssen sein, was sie sind.
Winzige Klingen.
Mit einem Herz in der Mitte,
das pocht
und pocht.

ženi koja uči moj jezik nakon što sam ja naučila njen

Ovdje nema otvorenog polja ni kuće
sve od prozora. Ovaj jezik je soba gdje se kleči,
gdje se glasom sa zidova struže čađ,
sve dok ti grlom ne propuže
tamni bršljan.

Kao sunce kad prodire kroz zavjese tapkajući
uspavano lice na krevetu, uđi
na prstima i spremi se – na tebe će sve
što me ne da, na tebe žandarmi i sirene,
jezik majčinski kome sam tuđa
zbog svega što u njemu ne uspijevam reći.

Položi ruke, pravi se mrtva.
Nad našim namjerama
smrskanim u mrak
brkati glagoli odmaraju svoje palice.
Kad priđu bliže, poljubi me
svim božjim imenima.

Für die Frau, die meine Sprache lernt, nachdem ich ihre erlernt habe

Hier gibt es kein offenes Feld und kein Haus
aus Fenstern. Diese Sprache ist ein Zimmer, in dem du kniest,
in dem die Stimme Ruß von den Wänden kratzt,
bis dir irgendwann der dunkle Efeu
im Hals hinaufrankt.

Wie die Sonne, wenn sie durch die Vorhänge dringt und das
verschlafene Gesicht auf dem Bett antippt, komm rein,
auf Zehenspitzen, mach dich bereit – dich befällt alles,
was mich nicht loslässt, Gendarmen und Sirenen,
die Muttersprache, der ich fremd bin,
wegen allem, was ich darin nicht sagen kann.

Lass die Arme sinken, stell dich tot.
Über unseren Absichten,
zerschlagen zu Dunkelheit,
lassen bärtige Verben ihre Stöcke ruhen.
Wenn sie näherkommen, küss mich
mit allen Namen Gottes.

monolog za prvi dejt

Poput šibice sačinjena sam
od beskrajnih mogućnosti, rasplamsalom kosom
ulubljujem mrak. Vješta
u kretnjama oblaka, puzim nad ostacima
iskasapljenih godina. Zgražanja kevću mi za petama,
uzbune vuku me za rukav, a ja
zaokupljena vremenom što se lijeno
proteže u medu.

Neke revolucije očijukale su, onda me ostavile
na *seen*. Preosjetljiva, ljubiteljica
neizlječivih krajeva, ne zaboravljam nijedna usta
u kojima je dragocjeno bilo moje ime. Neustrašiva,
osim noću. Kad pri buđenju u prozoru vidim
svjetlost spržena u bijelu buku,
okrenem se svojoj boli i pitam
koliko dugo. Gledam je dok se izuva.

Potomkinja srođenih snova, deformirana
maštalica, nikakvim posebnim povodom
svom tijelu darujem ulaznu ranu
u koju se može urušiti.
Prokleta srcem
koje pumpa daktile. Tu sam
da disanjem dogorim.

Monolog fürs erste Date

Wie ein Streichholz bin ich gemacht aus
grenzenlosen Möglichkeiten, mit loderndem Haar
beule ich die Finsternis ein. Gut in
Wolkenbewegungen krieche ich über die Reste
zerstückelter Jahre. Entsetzen kläfft an meinen Fersen,
Warnungen zerren an meinem Ärmel, und ich
bin versunken in der Zeit, die träge
im Honig verstreicht.

So manche Revolution flirtete mit mir und ließ mich dann
seen zurück. Überempfindlich und vernarrt
in unheilbare Gegenden vergesse ich keinen Mund,
in dem mein Name kostbar war. Furchtlos bin ich,
außer nachts. Wenn ich beim Aufwachen Licht
im Fenster sehe, zu weißem Rauschen versengt,
wende ich mich meinem Schmerz zu und frage,
wie lange noch. Ich betrachte ihn, wie er sich die
Schuhe auszieht.

Nachfahrin verwandt gewordener Träume, deformierte
Schwärmerin, ohne besonderen Anlass
schenke ich meinem Körper eine Schusswunde,
in die er stürzen kann.
Geschlagen mit einem Herzen,
das Daktylen pumpt. Hier bin ich,
um atmend abzubrennen.

aubade s temperaturom 41

Sve katastrofe
znaju nam ime i adresu,
neko je u naš dah posijao
izvjesnost loših vijesti.

U tebi iznevjereni osmijesi
sad dižu pobunu –

nismo naučile ništa.

Na praznu parcelu vriska
uselile smo luna park,
jele kukuruz dok su se u brdima
kotile jeseni.

Ako to nije dovoljno,
već te zaboravljam svom
svojom kožom,

zaboravljam te svim cestama
na koje ćeš tek zakoračiti, u vjetru gradim
crkvu tvoga glasa.

Jednom,
neko će stati ispred tebe
i znaćeš da je vrijeme varka
kojom sunce obnavlja svoj zavjet bilju.

Aubade bei 41 Grad

Alle Katastrophen
wissen, wie wir heißen und wo wir wohnen,
jemand hat die Gewissheit schlechter Nachrichten
in unseren Atem gesät.

Das verratene Lächeln in dir entfacht
nun einen Aufstand –

wir haben nichts gelernt.

Auf dem Stück Brachland aus Schreien
haben wir einen Freizeitpark errichtet,
Maiskolben gegessen, während der Herbst
auf den Hügeln Junge warf.

Wenn das nicht genug ist,
vergesse ich dich schon mit all
meiner Haut,

vergesse dich mit all den Straßen,
die du erst noch beschreiten wirst, baue in den Wind
die Kirche deiner Stimme.

Irgendwann
bleibt jemand vor dir stehen
und du weißt, dass die Zeit eine Täuschung ist,
mit der die Sonne den Pflanzen ihr Treuegelübde erneuert.

Valja nam samo proći
kroz ovo jutro kad sve što nam je drago
odlazi ni ne mahnuvši u našem pravcu.

Na kraju nas možda čekaju ruke
koje umiju držati
nešto lijepo, bez gorčine.

Wir müssen nur diesen Morgen überstehen,
an dem alles geht, was uns lieb ist,
und nicht einmal in unsere Richtung winkt.

Am Ende erwarten uns vielleicht Hände,
die etwas Schönes
halten können, ohne Bitterkeit.

otac i ja, sedam hvati kasnije

Noću, kad se svako od nas povuče
u svoje neprežaljeno, razmišljam
o moru. Hodali smo cestom između
litica i bugenvilija.
Iskušavala sam koliko blizu
mogu prići ivici, prije nego me uzica tvoje ruke
povuče nazad.
Objašnjavao si mi galebove i to kako brodovi
uspijevaju ne potonuti, iako veliki i teški.
Tada sam spoznala
prednosti praznine.
Stali smo kod tezge s voćem.
Prodavačica je u punđu vezivala
svoje krupne uvojke. Za nas je, ispružena
preko gajbi, probrala zrelo grožđe i smokve,
šljive, gdje je u jednoj od njih
burgijao crv. Dok ih je stavljala na tas,
gledala sam u tankovijasti
trag znoja na njenoj
ključnoj kosti.
Na povratku, pjevušio si neku pjesmu.
Plastične kese pokraj naših nogu
metronomski su odbrojavale ljeto,
urezujući u moje dlanove
težinu slasti. Njenu punoću.

Vater und ich, sieben Faden später

Nachts, wenn sich jeder von uns in seine
Untröstlichkeit zurückzieht, denke ich
ans Meer. Wir gingen auf der Straße zwischen
Klippen und Bougainvillea.
Ich lotete aus, wie weit an den Rand
ich gehen kann, bevor mich das Band deiner Hände
zurückzieht.
Du hast mir die Möwen erklärt und warum Schiffe
nicht untergehen, obwohl sie groß sind und schwer.
Da erkannte ich
die Vorteile der Leere.
Wir kamen an einen Obststand.
Die großen Locken der Verkäuferin waren
zum Dutt gebunden. Über Kisten gebeugt suchte sie
für uns die reifsten Trauben und Feigen aus,
und Pflaumen, durch eine bohrte sich
ein Wurm. Sie legte sie auf die Waage,
und ich betrachtete die dünne
Schweißspur an ihrem
Schlüsselbein.
Auf dem Rückweg summtest du ein Lied.
Die Plastiktüten neben unseren Beinen
zählten wie ein Metronom den Sommer an,
schnitten in meine Handflächen
das Gewicht der Süße. Ihre Fülle.

trepneš i nema nas

Prošetajmo se, oče, ti i ja,
nazad do rovova gdje se na suncu možda
još presijavaju komadići tvog ramena
i druga koji nije bio tvoje sreće.
Idemo nazad
u zlatno doba naše mnogobitnosti, u suspregnutu
suzu novinarke Bibisija, u boru na njenom čelu
dok smrknuta od brige posmatra naš pad.

Sanjali smo nekad
        da putujemo daleko.
Onda su širom svijeta stupili mnogi,
na transparentima nosili imena
naših malih gradova u kojima smo oduvijek
planirali umrijeti, samo ne ovako glasno.
Brzo, oče, fura nas prajm tajm,
rasklopi svoju lobanju, pokaži im
glazbenu kutiju i umjesto balerine
rasplesanu tamu šuma.

Oče, neprijatelj nikada ne spava,
neprijatelj stalno izbacuje nove videe
zlatnih retrivera, kako
protiv njihovih dražesnih njuški,
kako nego ovako,
posudi mi svoja crijeva da od njih napravim ringišpil,
već okreću glave,
nakon svih ovih godina više ih ne uzbuđuju

Du blinzelst, und weg sind wir

Spazieren wir zurück, Vater, du und ich,
zu den Schützengräben, wo in der Sonne vielleicht noch
Fetzen deiner Schulter glänzen und des
Genossen, der nicht so viel Glück hatte wie du.
Gehen wir zurück
ins goldene Zeitalter unseres Sehrwichtigseins, zur
unterdrückten
Träne der BBC-Journalistin, zu ihrer Stirnfalte
beim sorgenvollen Betrachten unseres Untergangs.

Einst träumten wir davon,
weit fortzureisen.
Dann gingen weltweit viele auf die Straße,
trugen auf Transparenten die Namen
unserer kleinen Städte, in denen wir immer schon
vorhatten zu sterben, nur nicht so laut.
Schnell, Vater, die Primetime drängt,
klapp deinen Schädel auf, zeig ihnen
die Spieluhr ohne Ballerina, aber mit
der tanzenden Finsternis der Wälder.

Vater, der Feind schläft nicht,
der Feind lädt ständig neue Videos
von Golden Retrievern hoch, was tun
gegen ihre entzückenden Schnauzen,
was tun, außer diesem:
Borg mir deine Eingeweide, ich mach ein Karussell daraus,
schon wenden sie die Köpfe,

naša *low-tech* divljanja.
Sada su tu dronovi i hipersonično oružje,
a mi imamo samo glad,
tu najjednostavniju od svih stvari.

Oči su nam krvave, oče,
treba nam fiks, doza
njihove ganutosti ubrizgana ravno u krvotok.
Brzo, dok nisu dremnuli, dok se nisu
prebacili na članak o prvoj
ženi crnkinji pukovnici,
ja ću zaturiti glavu unazad,
ti pripremi zube,
umiremo, oče, kakva čast,
        oni nas vide,
                oni nas vole,
                        stvarni smo.

nach all den Jahren beeindrucken unsere
Low-tech-Ausschreitungen sie nicht mehr.
Jetzt gibt es Drohnen und Hyperschallwaffen,
doch wir haben nur den Hunger,
dieses allereinfachste von allen Dingen.

Unsere Augen sind blutunterlaufen, Vater,
wir brauchen einen Schuss, eine Dosis
ihrer Rührung, direkt in den Blutkreislauf gespritzt.
Schnell, solang sie nicht wegdösen, solang sie nicht
schon beim Artikel über die
erste Schwarze Generaloberstin sind,
ich lege meinen Kopf in den Nacken,
und du, fletsch die Zähne,
wir sterben, Vater, welche Ehre,
    sie sehen uns,
        sie lieben uns,
            wir sind echt.

daidža

Zamišljam tri kuke u hodniku. Na prvoj vunena kapa, na drugoj jakna, na trećoj ručna granata obješena za okidač. Zamišljam njegova široka ramena i sijede vlasi na potiljku dok se približava i uzima jaknu, kapu, granatu. Kad se okrene prema vratima, vidim ga iz profila – kosinu nosa, žilice krvnih sudova ispod uha.

Nije bilo tako.

Mein Onkel

Ich stelle mir drei Haken im Flur vor. Am ersten eine Wollmütze, am zweiten eine Jacke, am dritten eine Handgranate, aufgehängt am Auslöser. Ich stelle mir seine breiten Schultern und die grauen Härchen im Nacken vor, während er hingeht und die Jacke, die Mütze, die Granate nimmt. Als er sich zur Tür dreht, sehe ich ihn im Profil – die Krümmung der Nase, die Äderchen unter dem Ohr.

So war es nicht.

niko ne piše kući

Piši kad stigneš.
Preskoči pozdrave.
Imamo vremena samo još
za ono nepodnošljivo.
Umjesto *nadam se da si dobro*, reci
izgubljeni smo. Umjesto *navikla sam se ovdje,*
pusti me da kažem: *na ovom kontinentu,*
gradovi su orkestri čekića van ritma.
Na sjevernom polu dave se
bijeli medvjedi, a neke nedjelje
pronađu način da lažu nas nježno.
U njihovom rasipničkom
sjaju najednom smo hrabri,
pitamo u prolazu: »Kad dođe po nas,
veliki, krajnji muk,
hoće li biti paučinast na početku, potom
opsidijanski.«
Piši kad stigneš.
Preskoči izvještaje o vremenu.
Baš u ovom trenutku
neko negdje liježe neutješan, a mi
samo čekamo na svoj red.
Kako smo bešćutni bili. Govoreći,
kao da je govoriti isto što i zijevati
u toplini jednog kasnog popodneva,
dok prašina na komodi još drhti
od smijeha sinoćnjih gostiju. Čemu
sva naša tačkom završena pitanja.

Niemand schreibt nach Hause

Schreib, wenn du ankommst.
Überspring die Grußformeln.
Wir haben nur noch Zeit
für das Unerträgliche.
Statt *Ich hoffe, es geht dir gut*, sag
Wir sind verloren. Statt *Ich habe mich hier eingewöhnt*,
lass mich sagen: *Auf diesem Kontinent*
sind die Städte arhythmische Hammerorchester.
Am Nordpol ertrinken
die Eisbären, und manche Sonntage
finden einen Weg, uns zärtlich anzulügen.
In ihrem verschwenderischen
Glanz sind wir auf einmal mutig,
fragen im Vorbeigehen: »Wenn uns das
große, letzte Schweigen einholt,
wird es denn am Anfang hauchdünn sein, danach
wie Obsidian.«
Schreib, wenn du ankommst.
Überspring den Wetterbericht.
Genau in diesem Augenblick
ist irgendwo jemand untröstlich, und wir
warten nur, bis wir an der Reihe sind.
Wie herzlos wir waren. Im Reden,
als wäre Reden dasselbe wie Gähnen
an einem warmen Spätnachmittag,
wenn der Staub auf der Kommode noch
vom Lachen der Gäste des Vorabends bebt. Wozu
all unsere Fragen ohne Fragezeichen.

Umjesto *utjeha*,
reći ću *vatra*. Umjesto *oprosti*, reći ću *vatra*.
Umjesto *oktobar*, reći ću *svjetlost*
poprima boju metka.
Osvrni se oko sebe, mama. Vidi.
Zrak je prepun
te svjetlosti.

Statt *Trost*
sage ich *Feuer.* Statt *Verzeih* sage ich *Feuer.*
Statt *Oktober* sage ich *das Licht*
nimmt die Farbe von Schüssen an.
Dreh dich um, Mama. Schau.
Die Luft ist voll
von diesem Licht.

autoportret crtan kao krug

Papagajevo srce veličine je zrna.
Kad graknu mitraljezi, prsnuće najprije
srce papagajevo, potom stakleno zvono u maminoj glavi.
    Tako počinje.
Rupom od gelera na vratima kroz koju će nana
virnuti u nebo i vratiti se s izvješćem: *Nije još.*
    Molimo se glasnije.
I glasnije padaju stabla. Na koljenima
tetka prelazi grad, oko nje lešine
automobila sablažnjeno misle kako je moguća
takva nepristojnost olova prema olovu.
Na tetkinoj ključnoj kosti ostaće ugašen
čik snajperskog pogleda. Ona će uspravljena
ući u peti od svojih sedam života.
    Tako počinje.
I traje. Svuda oko nas
proljeće sanja naglas. Nana u zrak baca grlohvat
slogova i u njihovom rasporedu vidi –
njena kćerka na balkonu, ozbiljna
kao morska dubina, objašnjava
teoriju gravitacije štipaljkama. Jasno je
da nas nijedna samoća neće mimoići.
    Tako počinje.
Nebom kao čistim zaboravom.
Boga nema, ali, za svaki slučaj, molimo se glasnije.
Samo je Azrail uvijek tu. Sa nanom sjedi
pored kreveta komšinice Raze u čijoj slezeni
strana vojska šalje u juriš crnokošuljaše. *Je li vrijeme,*

Selbstporträt in Kreisform

Ein Papageienherz ist so groß wie ein Korn.
Wenn die Maschinengewehre losrattern, birst als Erstes
das Herz des Papageis, danach die Glasglocke in Mamas Kopf.
        So fängt es an.
Mit dem Loch vom Granatsplitter an der Tür, durch das Nana
in den Himmel späht, zurückkehrt und berichtet: *Noch nicht.*
        Wir beten lauter.
Und lauter fallen die Bäume. Auf Knien
durchquert meine Tante die Stadt, um sie herum
empören sich Autokadaver, wie unmöglich diese
Skrupellosigkeit von Metall gegen Metall.
In Tantes Schlüsselbein brennt sich der Blick des Scharfschützen
wie eine ausgedrückte Zigarette. Aufrecht beginnt sie
das fünfte ihrer sieben Leben.
        So fängt es an.
Und es dauert. Überall um uns
träumt lautstark der Frühling. Nana wirft einen Hals voll
Silben in die Luft, und in deren Anordnung sieht sie –
ihre Tochter auf dem Balkon, ernst
wie die Tiefsee, erklärt mit Wäscheklammern
die Gravitationstheorie. Klar ist,
keine Einsamkeit wird uns je auslassen.
        So fängt es an.
Mit einem Himmel wie reines Vergessen.
Gott gibt es nicht, aber wir beten für alle Fälle lauter.
Nur Azrael ist immer da. Er sitzt mit Nana
am Bett der Nachbarin Raza, in deren Milz
ein fremdes Heer Schwarzhemden in den Sturm schickt. *Ist es Zeit,*

pita nana. Vrijeme je. Otvaraju se
Razine oči i u njima nana vidi –
umiraćemo u praznim sobama,
kroz nas će kao posljednja uvreda proći
život kakav je mogao biti. Na ratištu
njeni sinovi sanjaju sravnjene
račune, šuštanje papira iza zatvorenih vrata.
Vraćaju se neutješni. Ona se nema
gdje vratiti jer ništa nije opasnije od mjesta
odakle je potekla. Iz vidovitosti
jedne žene.
Tako počinje.
Majčinim iscrpljenim mlijekom. Tetka me hrani
i šapće, sasvim blizu: *Malena, nije ti smrt tetka*
pa da u nju slijepo vjeruješ.
Još to ne zna, ali započeo je sedmi
od njenih sedam života.
Vraćaju se iz rata muškarci, neki prezreni,
neki ne. *Ne sjećam se*
gdje smo ga sahranile, kaže mama.
Nije bio veći od dlana, stao bi sigurno
u kutiju cigara, *tolišni* je bio, i gladak kao kliker.
Tako počinje
svaka povijest. Nešto prsne i svi se maše za grudi,
da provjere je li kod njih prslo. Papagajevo srce
veličine je zrna. U kutiji za cigare, umreženo
korijenjem hrasta, ono bubri iznova. Nevino
kao krug. Ne pamteći ništa.

fragt Nana. Es ist Zeit. Razas Augen
öffnen sich, und darin sieht Nana –
wir werden in leeren Zimmern sterben,
wie eine letzte Kränkung durchfließt uns
das Leben, wie es hätte sein können. An der Front
träumen ihre Söhne von beglichenen
Rechnungen, Papierrascheln hinter verschlossener Tür.
Untröstlich kehren sie zurück. Sie kann
nicht zurück, denn nichts ist gefährlicher als der Ort,
aus dem sie stammt. Aus der Hellsichtigkeit
einer Frau.
So fängt es an.
Mit Mutters versiegender Milch. Meine Tante füttert mich
und flüstert, ganz nah: *Der Tod, Kleine, ist keine Tante,*
auf die du blind vertrauen kannst.
Sie weiß es noch nicht, doch das siebte
ihrer sieben Leben hat schon begonnen.
Männer kehren aus dem Krieg zurück, manche geächtet,
manche nicht. *Ich weiß nicht mehr,*
wo wir ihn begraben haben, sagt Mama.
Er war kleiner als ein Handteller und hätte in eine
Zigarettenschachtel
gepasst, so winzig war er, und glatt wie eine Murmel.
So fängt sie an,
jede Geschichte. Etwas platzt, und alle fassen sich an die Brust
und schauen nach, ob es bei ihnen war. Ein Papageienherz
ist so groß wie ein Korn. In einer Zigarettenschachtel,
durchdrungen
von Eichenwurzeln, keimt es wieder auf. Unschuldig
wie ein Kreis. Erinnert sich an nichts.

koža mog oca izgleda kao površina mjeseca, a napolju pada kiša

Rekli su ti da šrapneli čine muškarce
nebeskim, zato si otišao u vojsku.
Usred ljeta, kad se vjetrokazi
umisle vrtuljcima, ti prekrivaš
našu kuću tišinom, zatežeš je preko napuklih
crijepova. Ništa nam se loše
neće desiti. Ne sada
kad stražariš na ivici
naših snova, čuvajući nas
od mirokradica.

U dnevnoj sobi ti i ja
buđamo u mumije. Prašina se taloži
na našim kapcima, tamnom
mahagoniju. Ako bi progovorio,
zavezala bih kosu za kopita
tvog glasa, pustila da me raznose
po vrelom uglju riječi
kojih smo se prekasno sjetili.
Pitala bih te jesi li vidio
krtičnjake u vrtu, gnijezdo stršljena
pod krovom. Pitala bih te
jesi li kojeg zarobio.
Koliko si ih ubio?

Die Haut meines Vaters sieht aus wie die Oberfläche des Mondes, und draußen regnet es

Sie haben dir erzählt, Schrapnelle machen Männer
himmelsgleich, deshalb bist du zur Armee gegangen.
Im Sommer, wenn die Windfahnen sich
wie Karusselle drehen, deckst du unser Haus
mit Schweigen zu, zurrst es über zerbrochenen
Dachziegeln fest. Uns wird nichts Schlimmes
passieren. Nicht jetzt,
wo du am Rand unserer Träume
Wache hältst, uns vor
Friedensdieben schützt.

Im Wohnzimmer verschimmeln wir
zu Mumien, du und ich. Staub setzt sich ab
auf unseren Lidern, dunklem
Mahagoni. Würdest du sprechen,
ich würde mein Haar an den Hufen
deiner Stimme festbinden, mich über
die heiße Kohle der Worte zerren lassen,
die uns zu spät eingefallen sind.
Ich würde dich fragen, hast du
die Maulwurfshügel im Garten, das Hornissennest
unter dem Dach gesehen? Ich würde dich fragen,
hast du jemanden gefangen genommen?
Wie viele hast du umgebracht?

***

U hodniku je vješalica. Uzima jaknu, njome zamahne i kroz rukave provuče obje ruke istovremeno. Onda se saginje i navlači čizme, prvo desnu, pa lijevu. Sve vrijeme zviždi. Otključava vrata i drži ih otvorena dok dobacuje supruzi, koja je negdje u kući, vječito radišna – *Neću dugo.*

Prelazi dvorište i stiže do radionice. Unutra ga dočekuje haos štofa i piljevine. Šutne komadić spužvaste pjene s puta. Kreće se prenaglašenim, hotimičnim koracima, kao da mjeri prostor između dvije stative. U dnu radionice, preko cijelog zida su police. (U isto vrijeme, treba zamisliti miris sintelana, iza njegovih leđa komešanje prašine u sunčevoj zraci, novembar kako bubri u ćoškovima.) Zavlači ruku iza kutije za alat i pušta slijepe prste da napipaju hladnoću krvavog čelika. Uzima granatu. Na njegovom dlanu ona liči na usnulog vrapca.

Nije bilo tako.

***

Im Flur steht ein Kleiderständer. Er nimmt seine Jacke, schwenkt sie herum, fährt mit beiden Armen gleichzeitig hinein. Beugt sich vor, zieht die Stiefel an, erst den rechten, dann den linken. Pfeift die ganze Zeit. Sperrt dann die Tür auf, hält sie offen und ruft seiner Frau zu, die sich wie immer irgendwo im Haus zu schaffen macht: *Bin gleich wieder da.*

Er geht durch den Hof zur Werkstatt. Drinnen erwartet ihn ein Wust aus Stoffen und Sägemehl. Er kickt ein Stück Schaumstoff aus dem Weg. Geht mit übertrieben bewussten Schritten, als wollte er den Raum zwischen zwei Pfosten abmessen. Die Wand im hinteren Teil der Werkstatt ist komplett mit Regalen verbaut. (Zugleich stelle man sich den Geruch von Textilkleber vor, den aufgewirbelten Staub im Sonnenlicht in seinem Rücken, den November, der in den Ecken quillt.) Er greift hinter die Werkzeugkiste, lässt seine blinden Finger den kalten, blutigen Stahl ertasten. Nimmt die Granate. In seiner Hand erinnert sie an einen schlafenden Spatz.

So war es nicht.

oda naciji

Sve što me ne voli
si ti, majko slinavih sinova
i njihovog glagola imati,
izađi mi na megdan ili se istrijebi
iz moje krvi, dosta tvojih očiju
u kojima lije *kao kod Prevera*, jadnice,
mezarju satova, sva tvoja sunca kaplju hrđu
u moje zjenice, usnorezu, uspavana opeklino,
dočekaj me raspećem
mog državljanstva, dočekaj me životom
stesanim u zviždu, izviždi me u mraku
kao finu melodiju koju niko
neće čuti, rani me u nevoljenost, kezu
moje more, crna buniko presovana
između rebara,
dođi, moj duže, izdajice, moje ne-
oprošteno, dođi,
da ti ja nešto kažem.

Ode an die Nation

Alles, was mich nicht liebt,
bist du, Mutter sabbernder Söhne
mit ihrem *haben wollen*,
duelliere dich mit mir oder tilge dich
aus meinem Blut, ich habe deine Augen satt,
in denen es gießt *wie bei Prevert*, du Arme,
du Friedhof der Uhren, all deine Sonnen tropfen Rost
in meine Pupillen, du Lippenschnitt, du schlummernde
Brandwunde,
empfange mich mit der Kreuzigung
meiner Staatsangehörigkeit, empfange mich mit dem Leben,
zu einem Pfiff geschliffen, pfeife mich im Dunkeln
wie eine feine Melodie, die niemand
hören wird, stoß mich ins Ungeliebtsein, du Grinsen
meines Mahrs, du schwarzes Tollkraut,
zwischen die Rippen gepresst,
komm her, meine offene Schuld, Verräterin, mein Nicht-
Verziehenes, komm her,
ich hab dir was zu sagen.

teodiceja

po Matiji Gupcu

Bog je velik, povikneš, čelom
osluškujući pod. Napolju,
oreol mjesečine hrđa odbačen pored puta
gdje prošli su vojnici, grmljavina
njihovih čizmi utukla je zemlju u list
bakra. *Bog je velik*, kažeš, i tri puta
ispereš usta. U međuvremenu, drveća
više nema. Ostala je samo šuma
patrljaka, samo mucava vatra
u furuni, samo ti koja ponavljaš, čak i u snu:
inna nahnu nuhjil mevta. Bog je velik,
izdahneš, dok prstom pratim
kružne puteve tvoje kože, i ćutim
kako ne znam šta da radim sa ovim rukama
koje su tvoje ruke, sa ovom vjerom
beskorisnom živima.
Otežala od molitvi, konačno
razumijem boga – velik je
ako pred njim budeš klečala.

Theodizee

nach Matija Gubec

Gott ist groß, rufst du, mit der Stirn
den Boden belauschend. Draußen
rostet die Mondaureole, abgeworfen am Straßenrand,
dort, wo Soldaten entlangkamen, hat das Donnern
ihrer Stiefel die Erde zu Kupferblech
gestampft. *Gott ist groß*, sagst du und spülst dir dreimal
den Mund aus. Unterdessen sind keine Bäume
mehr da. Nur noch ein Wald
aus Stümpfen, nur noch das stotternde Feuer
im Ofen, nur noch du, die ständig, sogar im Schlaf wiederholt:
Inna nahnu nuhyee almawta. Gott ist groß,
hauchst du, während ich mit dem Finger
den Kreisen auf deiner Haut folge und spüre,
dass ich nicht weiß, was ich mit diesen Händen soll,
die deine Hände sind, mit diesem Glauben,
der so unnütz ist für die Lebenden.
Beschwert vom Gebet begreife ich
endlich Gott: Groß ist er,
wenn du vor ihm kniest.

***

Plavooki je dječak koji zviždi vraćajući se iz škole. Hrastovi na kaldrmastom trgu njegovi su dobri drugovi. U granapu mu čika Mišo dopušta da zagrabi bombone iz staklene zdjele pored kase. Premlad je i previše uzbuđen da bi primijetio majčino tiho *hvala* kad ju je Mišo pogledao u oči i rekao: *Kuća časti.* Majčin zimski kaput miriše na jasmin, pohabani tapacirung provincijskih pozorišta gdje šapuće zaboravljene replike teturavim glumcima, na Sirano de Beržeraka pročitanog četiri puta, previše. Godinama kasnije, stajat će naslonjen na dovratku, gledajući u majku koja leži na kauču, u istom dnevnom boravku gdje je jednom čakijom u kredenac urezao svoje ime. Pokušat će zapamtiti njeno lice, izrezbariti u sjećanju tu smežuranu nježnost. Reći će joj: *Pristavi kafu, eto mene kasnije.*

Nije bilo tako.

***

Plavooki je dječak i skiči kao svinjče jer je brico koji suneti do njega stigao s nekoliko godina zakašnjenja. Vriskom istjeruje sestre iz kuće, preko bašte, u šupu gdje će čučnuti iza kolica, pokrivajući uši. U ušima čuju šum za koji misle da je šum njihove vlastite krvi, i glas koji kaže: *Ovo ćeš pamtiti zauvi-*

***

Blaue Augen hat der Junge, der pfeifend aus der Schule nach Hause läuft. Die Eichen auf dem gepflasterten Platz sind seine guten Freunde. Im Laden lässt ihn Herr Mišo ins Bonbonglas neben der Kasse greifen. Er ist zu jung, zu aufgeregt, um Mutters leises *Danke* zu hören, nachdem Mišo ihr in die Augen geschaut und *Geht aufs Haus* gesagt hat. Mutters Wintermantel riecht nach Jasmin, nach abgewetzten Polstern in Provinztheatern, wo sie strauchelnden Schauspielern vergessene Textzeilen zuflüstert, Cyrano de Bergerac, viermal gelesen, zu oft. Jahre später wird er in der Tür lehnen und seine Mutter betrachten, die auf dem Sofa liegt, in jenem Wohnzimmer, wo er einmal mit dem Taschenmesser seinen Namen in die Kredenz ritzte. Er wird versuchen, sich ihr Gesicht einzuprägen, die runzelige Zärtlichkeit ins Gedächtnis zu gravieren. Er wird ihr sagen: *Setz schon mal Kaffee auf, ich bin bald wieder da.*

So war es nicht.

***

Blaue Augen hat der Junge und quiekt wie ein Ferkel, als mit ein paar Jahren Verspätung der Barbier zur Beschneidung kommt. Sein Schrei jagt die Schwestern aus dem Haus, durch den Garten, in den Schuppen, wo sie hinter der Schubkarre kauern und sich die Ohren zuhalten. Sie hören ein Rauschen, das sie für das Rauschen des eigenen Blutes halten, und eine Stimme, die sagt: *Das wirst du dein Leben lang nicht verges-*

jek. Jednim preciznim pokretom, odsječene su od djetinjstva.

Kasnije te godine, vraća se iz školskog dvorišta sa loptom pod mišicom. Jato ptica kruži oko minareta obližnje džamije. Uvijek kad podigne pogled, ptice su tu, kruže oko vitkog stuba kao da ih je neki neimar zamislio zajedno sa kamenom. Blaženo je umoran i znojan, šuta pred sobom kamenčić. Možda je do težine kasne jeseni koja pritišće kuće zbijene i naherene kao zubi u njegovoj vilici. Možda je do tog dana boje mokrog cementa ili hrastova koji mu govore da požuri, jer mama i sestre već su sjele za sto, ali najednom u njemu počinje pobuna. On zastane. Pogleda kroz hrastovu krošnju u nebo i kaže naglas, prvi i posljednji put: *Vrati mi mog tatu*. Te noći, kad sumrak oteža u grumenje uglja, mama ga pita: *Gdje si ti dosad*? Gleda ga, pred njom gnoji u muškarca nesviklog na riječi.

Nije bilo tako.

sen. Ein präziser Schnitt, und sie sind von ihrer Kindheit abgetrennt.

Etwas später in jenem Jahr läuft er mit einem Ball unterm Arm vom Schulhof nach Hause. Ein Vogelschwarm kreist um das Minarett der nahen Moschee. Jedes Mal, wenn er den Blick hebt, sind die Vögel da, umkreisen den hohen Turm, als hätte der Baumeister sie zusammen mit der Steinmauer erdacht. Selig, müde und verschwitzt kickt er ein Steinchen vor sich her. Vielleicht liegt es an der Schwere des Spätherbstes, der auf die Häuser drückt, dicht gedrängt und schief wie die Zähne in seinem Kiefer. Vielleicht liegt es an dem Tag, der grau ist wie Zement, oder an den Eichen, die ihn zur Eile treiben, weil seine Mutter und seine Schwester schon am Tisch sitzen, jedenfalls gerät sein Inneres plötzlich in Wallung. Er bleibt stehen. Blickt durch die Krone der Eiche zum Himmel und sagt laut, zum ersten und letzten Mal: *Gib mir meinen Papa zurück.* Abends, als die Dämmerung schwer wird wie Kohlebrocken, fragt ihn die Mutter: *Wo warst du so lange?* Sie blickt ihn an, und er verkümmert vor ihr zu einem wortkargen Mann.

So war es nicht.

nepouzdana svjedokinja

Bili smo sretni.
        Imali smo vrt.
Čak i kada su grad
preselili u prošlo vrijeme,
nalazili smo među kamenjem
maslačke, kapi meda
u kozlokrvini. Nismo se bojali
smrti. Samo nedostajanja.
Tog jutra krenuo je u svom žutom džemperu,
na vratima rekao, *draga*
        [   ],
sjećanje je crno pod noktom.
Noć je bila puna vatri. Svici.
To svici plutaju mjesečevim rastočenim
okom, rekla sam, i išla dalje.
Kolac zaboden u zemlju
označavao je vrijeme, u prašini,
na stranici tribunalskog spisa,
gdje čiodom pribodeno
leži svako naše podrhtavanje,
neka ostane ovo:
U daljini, horizont je stisnuo usne.
Zrakom su odjekivali
telegrami djetlova, ničeg
se drugog ne sjećam,
dok tvoj malj, suče, bije:
Svjedokinja je upozorena. Ništa od ovog
nije relevantno za sudski postupak.

Unzuverlässige Zeugin

Wir waren glücklich.
        Wir hatten einen Garten.
Selbst als sie die Stadt
in die Vergangenheit umsiedelten,
fanden wir zwischen den Steinen
Löwenzahn, Honigtropfen
in den Heckenkirschen. Wir hatten keine Angst
vor dem Tod. Nur vor dem Vermissen.
An diesem Morgen brach er in seinem gelben Pullover auf
und sagte an der Tür, *liebe*
        [   ],
die Erinnerung ist schwarz unter den Nägeln.
Die Nacht war voller Feuer. Glühwürmchen.
Da treiben Glühwürmchen im verschwommenen
Mondesauge, sagte ich und ging weiter.
Ein Pfahl, in die Erde geschlagen,
zeigte die Zeit an, im Staub,
auf der Seite der Tribunals-Akte,
wo Heftklammern
unser Zittern festhalten,
möge geschrieben stehen:
In der Ferne presste der Horizont die Lippen zusammen.
Durch die Luft hallten
Specht-Telegramme, an etwas anderes
erinnere ich mich nicht,
während dein Hammer, Euer Ehren, schlägt:
Die Zeugin wurde belehrt. Nichts von dem
ist relevant für den Gerichtsprozess.

postajanje domovinom

Na početku si zemlja –
pusta pauza između mjesta
kojem se treba vratiti i mjesta gdje se stiže.
Potom s prozora neko prospe
šumu dlanova. Jutro se namršti.
U tebi sad neko čisti vidike,
u tebi su kuće,
iz njih izlaze uspravljena osujećenja,
razmjenjuju pšenicu i mast,
sijeku lipu i od njenog drveta prave
slavuje, iz razloga
što su slavuji lijepi. Kako blesavo.
I tebi su lijepi.
Onda neko povikne
moje, neko drumom zakotrlja
podozrivu misao, od drveta lipe
napravi sklonište. Osjetiš u sebi
naježenu mahovinu, teror
u kaležima cvjetova. Vrata pred vukove.
Kad vjetar pođe šumom, dlanovi ga išamaraju
u cijuk. Sve što dotakneš
počne da reži.

Die Entstehung der Heimat

Am Anfang bist du Erde –
eine öde Pause zwischen Orten,
an die man zurückkehren muss, und Orten, an denen man
ankommt.
Dann streut jemand vom Fenster
einen Wald voll Hände aus. Der Morgen verfinstert sich.
In dir putzt jetzt jemand die Aussicht,
in dir sind Häuser,
aus ihnen treten zweibeinige Sabotagen,
tauschen Getreide und Schmalz,
fällen eine Linde und machen aus dem Holz
Nachtigallen,
weil Nachtigallen schön sind. Wie töricht.
Auch du findest sie schön.
Dann schreit jemand
meins, jemand wälzt einen argwöhnischen
Gedanken über die Landstraße, baut aus Lindenholz
einen Unterstand. Du spürst die
Gänsehaut auf deinem Moos, den Terror
in den Blütenständen. Das Tor vor den Wölfen.
Geht der Wind durch den Wald, ohrfeigen ihn die Hände,
dass er winselt. Alles, was du berührst,
beginnt zu knurren.

povijest

Ja sam lice iznad tvoga lica,
koje te posmatra tamno,
osiročenog hladnim svitanjem decembra.

Sjećaš li se ičeg iz svog života?
Novina uredno presavijenih
u ruksaku. Kravate
koju treba stegnuti. I to
kako si išao kroz sobe
potišteno prosječan,
progonjen starim pitanjima.

Čuješ li? Zastave
u kovitlacu pod tvojim prozorom.
Neko istrošenim glasom
pjeva Lili Marlen.

Sjećaš li se
ičeg iz svog života? Prepoznaješ li
ovo lice nad svojim licem,
koje te posmatra tamno.
Alarm zvoni. Vani vojske
već marširaju, i ti, snen,
ideš sa njima.

Geschichte

Ich bin das Gesicht über deinem Gesicht,
das dich finster ansieht,
verwaist im kalten Dezembermorgen.

Erinnerst du dich an etwas aus deinem Leben?
An die Zeitung, ordentlich gefaltet
im Rucksack. An die Krawatte,
die festgezogen werden muss. Und wie
du durch die Zimmer gingst,
traurig durchschnittlich,
verfolgt von alten Fragen.

Hörst du das? Fahnen
geschwenkt vor deinem Fenster.
Jemand singt mit rauer Stimme
Lili Marleen.

Erinnerst du dich
an etwas aus deinem Leben? Erkennst du
das Gesicht über deinem Gesicht,
das dich finster ansieht.
Der Wecker klingelt. Draußen marschieren
schon die Armeen, und du, verschlafen,
gehst mit ihnen.

niko ne piše kući

U zadnje vrijeme parče lima
stoji u grlu i ja ga zalijevam
morskom vodom. To je sve
od vijesti. Krajolik
još je ista
iscrpljena stvar: papir
poravnat i zgužvani puls.
Ponekad, siđem do obale
da vidim kako talas
povlači svoju gestu.
Kako ne briše ništa
osim vlastite žudnje.

Nekada davno, poželjela sam
vratiti se. Ali već tada je jedno nebo
ležalo svenulo u prozoru,
i ja pošla sam tamo gdje tijelo
postaje mreža uronjena u vjetar.
Ako ikada stignem, ako ikada
zaboravim, možda će svijetom
nadrijeti oleandar, a ja
postati nešto što pluta.

S ljubavlju,

Niemand schreibt nach Hause

In letzter Zeit steckt ein Stück Blech
in meinem Hals, und ich begieße es
mit Meerwasser. Das ist alles,
was es Neues gibt. Die Landschaft
ist noch immer
gleich ausgelaugt: flaches
Papier und zerknüllter Puls.
Manchmal steige ich zur Küste hinab
und sehe, wie eine Welle
ihre Bewegung zurücknimmt.
Und nichts anderes löscht
als die eigene Sehnsucht.

Irgendwann vor langer Zeit wollte ich
zurückkehren. Aber da lag bereits ein Himmel
verwelkt im Fenster,
und ich ging dorthin, wo der Körper
zum Netz wird, in den Wind getaucht.
Sollte ich je ankommen, sollte ich je
vergessen, dringt vielleicht der Oleander
in die Welt vor, und ich
werde zu etwas, das auf dem Wasser treibt.

In Liebe,

***

Trči preko poligona, blatom prskajući regrute i narednike. Neko povikne: *Koji ti je kurac?*, ali on već skače, već obara na zemlju i počinje udarati svog druga, jer mu se ovaj iza leđa spetljao sa sestrom, a on je uvjeren, negdje je nekad čuo, da je bratova dužnost skotu razbiti njušku. Kad ga par ruku zgrabi za ramena i odigne od zemlje, osjeti olakšanje. *Ama otkud sam znao da ti je to sestra?*, čuje dok ga odvlače pred komandira. Trese se, od bijesa, misle njegovi drugovi. Samo on zna da je od straha, i to ne od komandira, već od sestre, od onoga što će napisati u pismu kad sazna. Provodi ostatak vojnog roka izbjegavajući svog bivšeg jarana. Pomirit će se kad mu postane šogor.

Zima '92. Utorak je. Negdje na Borijama njegov šogor puže po smrznutom šumskom tlu. Iz otvorene rane na ramenu curi krv. Vruće mu je. Zrak oko njega žari se od snajperskih metaka. Takmiče se, nišane samo u glavu. Jedan metak, jedan fijuk za pravo hvalisanja. Na planini sa druge strane grada, njega imenuju zapovjednikom šačice momaka koje su doveli tu, bunovne. Izlazi iz improvizirane barake. Sa mjesta gdje stoji može vidjeti cijeli grad. Negdje u tom gradu njegova sestra trči niz stepenište nebodera sa dvomjesečnom djevojčicom u naručju, ali ne uspijeva. Iz drugog pravca

***

Er rennt über den Truppenübungsplatz und bespritzt Rekruten und Unteroffiziere mit Schlamm. Jemand ruft: *Hast du sie noch alle?*, doch da springt er schon, wirft seinen Freund zu Boden und prügelt auf ihn ein, weil der hinter seinem Rücken mit seiner Schwester angebändelt hat, und er denkt, das hat er mal gehört, und dass es seine brüderliche Pflicht wäre, dem Dreckskerl die Fresse zu polieren. Als ihn ein paar Hände an den Schultern packen und hochziehen, empfindet er Erleichterung. *Woher sollte ich wissen, dass sie deine Schwester ist?*, hört er noch, als sie ihn vor den Kommandanten zerren. Er zittert – vor Wut, denken seine Freunde. Vor Angst, weiß nur er, und zwar nicht vor dem Kommandanten, sondern vor der Schwester und dem, was sie ihm schreiben wird, sobald sie es erfährt. Den restlichen Wehrdienst meidet er seinen ehemaligen Kumpel. Als er sein Schwager wird, versöhnen sie sich.

Winter 1992. Es ist Dienstag. Irgendwo oben in Borije kriecht sein Schwager über den gefrorenen Waldboden. Aus einer offenen Wunde an seiner Schulter rinnt Blut. Dem Schwager ist heiß. Die Luft um ihn herum glüht von den Geschossen der Scharfschützen. Sie wetteifern, zielen nur auf Köpfe. Ein Schuss, ein Pfiff für das Recht zu prahlen. Auf der anderen Seite der Stadt, oben in den Bergen, wird er zum Befehlshaber einer Handvoll junger Burschen ernannt, die dorthin gebracht wurden, völlig verdattert. Er tritt aus seiner improvisierten Baracke. Von der Stelle, wo er steht, kann er die ganze Stadt überblicken. Irgendwo in dieser Stadt rennt seine Schwester das Treppenhaus hinunter, ihr Baby, zwei Monate alt, auf dem Arm, aber sie schafft es

uspinju se alkoholna isparavanja. Naoružani su. Njih šestorica. Jedan ne može sakriti svoje uzbuđenje i ispaljuje rafal. Meci se zarivaju u zid tik iznad njene glave. Prije nego se stigne podsjetiti da je šutnja zlato, njen glas istupi naprijed i ona čuje sebe kako govori: *Lako se kurčit pred malim djetetom.* Gledaju je, ludo zabavljeni. Glavni među njima pogleda u djevojčicu i kaže: *Samo mi je ove bebe žao.* Onda spusti pogled do njenih bosih nogu. Naredi joj da se vrati u stan. Dok se povlači, čuje ga kako kaže ostalim vojnicama: *U ovaj stan ne ulazi niko osim mene.*

Stojeći ispred vojničke barake pogledom prebire po metežu crvenih krovova u dnu planine. Traži jato ptica u kruženju oko minareta. Kad ga pronađe, pogled mu se spusti niz nevidljivo uže do zgrade osnovne škole. U jednoj od kuća u blizini škole njegova mama baca stare novine i tvrdoukoričene knjige u furunu.

Čuje skičanje podnih dasaka u stanu iznad, zvuk nakita zgrabljenog šakom, pijane povike. Čuči ispod kuhinjskog šanka, pritišće dijete kao da ga želi vratiti u svoje tijelo, moli ga da ne plače. Buka zamre na trenutak, onda se uskovitla ponovo, krše se zvijezde u zvečki kojom maše neki balavi bog, usitnjeni zveket noževa na njihovim remenovima daje ritam drhtanju njenih rebara. Ogoljena svijest prati topot teških čizama niz stepenice, iščekujući svakog trenutka zvuk provaljenih vrata, sve obu-

nicht. Alkoholische Ausdünstungen steigen ihr entgegen. Sie sind bewaffnet. Sechs Männer. Einer kann seine Aufregung nicht zurückhalten und feuert eine Salve ab. Die Geschosse bohren sich knapp über ihrem Kopf in die Wand. Bevor ihr einfällt, dass Schweigen Gold ist, prescht ihre Stimme vor, und sie hört sich sagen: *Vor einem kleinen Kind auf dicke Hose machen kann ja jeder.* Sie mustern sie, köstlich amüsiert. Der Anführer schaut ihr kleines Mädchen an und sagt: *Mir tut's nur um das Baby leid.* Dann wandert sein Blick zu ihren nackten Füßen. Er befiehlt ihr, zurück in die Wohnung zu gehen. Während sie sich zurückzieht, hört sie, wie er zu den anderen Soldaten sagt: *Da geht niemand rein außer mir.*

Er steht vor der Militärbaracke und lässt seinen Blick über die roten Dächer am Fuße des Berges schweifen. Er sucht nach dem Vogelschwarm, der um das Minarett kreist. Als er ihn entdeckt hat, gleitet sein Blick eine unsichtbare Linie hinab bis zum Gebäude der Grundschule. In einem der Häuser unweit der Schule wirft seine Mutter alte Zeitungen und Bücher in den Blechofen.

Sie hört das Knarren der Dielen in der Wohnung über sich, das Klirren von Schmuck, den sich eine Hand greift, betrunkene Schreie. Sie kauert sich unter die Küchentheke und drückt das Kind an sich, als wollte sie es zurück in ihren Bauch pressen, fleht es an, nicht zu weinen. Einen Moment verstummt der Krach, um dann wieder anzuschwellen, Sterne brechen in der Rassel, mit der ein rotznäsiger Gott winkt, das Klackern der Messer im Gürtel gibt dem Zittern ihrer Rippen den Rhythmus vor. Das nackte Bewusstsein folgt dem Stampfen schwerer Stiefel treppab, erwartet jederzeit das Geräusch, wie die Tür einge-

stavljeno u tom iščekivanju koje je drobi u kašu groznih vizija, sve izbrušeno u kristalnu jasnoću koja prodire u sva njena čula odjednom i ne posustaje dok se rukavci tišine koji su tekli u njenom pravcu konačno ne ujezere u njenoj glavi. I ona tad otvara oči i vidi – planinu, sivu i zabrinutu. Zraka sunca obasjava kvadrat na podu. Vir prašine. Sama je u zgradi.

Svi će preživjeti rat. Njegova mama, njegove sestre, njegov šogor. Amerikanci nameću mirovni sporazum i ustav za koji niko nije glasao, napisan na jeziku koji niko od njih ne govori. Kažu da je to mala cijena za mir. U ljeto '96. odlazi do policijske stanice. Predaje pušku, ali ne i dvije ručne granate iz ruksaka. Vraća se kući, zadovoljan jer ništa im se pretjerano tragično nije desilo. Pomalo se osjeća kao bog i niko mu to ne bi mogao osporiti. Ulazi u kuću, zviždeći.
Godinama kasnije, u novinama će pisati: RAZNIO SE BIVŠI BORAC; MIR UZEO JOŠ JEDNU ŽRTVU, GRAĐANI U ŠOKU; BIVŠI BORAC, PORODIČNI ČOVJEK, RAZNIO SE BOMBOM. Moj brat na telefonu sa novinarom vrišti: *Makar stavite inicijale, majka mu još ne zna.*

***

Nije bilo tako.

schlagen wird, alles verharrt in der Erwartung, die sie zu einem Brei schrecklicher Visionen zermalmt, geschliffen zu kristallener Klarheit, die alle ihre Sinne gleichzeitig durchdringt und nicht nachlässt, bis die Seitenarme der Stille, die auf sie zufließen, schließlich einen See in ihrem Kopf bilden. Da öffnet sie die Augen und sieht vor sich einen Berg – grau und sorgenschwer. Ein Sonnenstrahl erhellt ein Quadrat auf dem Boden. Staub wirbelt auf. Sie ist allein im ganzen Gebäude.

Sie alle werden den Krieg überleben. Seine Mutter, seine Schwestern, sein Schwager. Die Amerikaner werden ihnen ein Friedensabkommen aufdrücken und eine Verfassung, für die keiner gestimmt hat, geschrieben in einer Sprache, die keiner von ihnen spricht. Ein kleiner Preis für den Frieden, heißt es. Im Sommer 1996 geht er auf die Polizeiwache. Gibt sein Gewehr ab, die zwei Handgranaten im Rucksack aber nicht. Er kehrt nach Hause zurück, zufrieden, weil keinem von ihnen etwas übermäßig Tragisches passiert ist. Ein wenig fühlt er sich wie Gott, und das hätte ihm niemand streitig machen können. Er betritt pfeifend das Haus.
Jahre später wird in den Zeitungen stehen: EHEMALIGER KÄMPFER SPRENGT SICH IN DIE LUFT; DER FRIEDEN FORDERT EIN WEITERES OPFER, BÜRGER SCHOCKIERT; EHEMALIGER KÄMPFER UND FAMILIENMENSCH IN DIE LUFT GESPRENGT. Mein Bruder schreit den Journalisten am Telefon an: *Schreibt wenigstens nur die Initialen, seine Mutter weiß es noch nicht.*

***

So war es nicht.

monolog za drugi dejt

Većinom zurim u plafon i mislim
kako ne želim umrijeti. Imam glavu.
U mojoj glavi je farma krugova.
Na zapaljenom krovu
poskakuje žena. Tu su još i padovi
sa šestog sprata, šoferšajba, bombaš samoubica,
ivica stepeništa, moja očna jabučica razmeljana
preko šoferšajbe, morski pas, šal i bašlija, kvaka
za koju se kači šal, čvor, visibaba. Imam glavu.
U mojoj glavi je stomak pun leptirića.
Leptirići su nekad morski psi i žele van.
Puštam ih van. Zapinju za prag i razbijaju vilice o ivicu
stepeništa. Imam glavu.
U njoj je dnevni boravak. U dnevnom boravku
sjedi bombaš samoubica. Na TV-u repriziraju
epizode. U mojoj glavi uvijek je repriza.
Reklama za *Domestos.* Mokar pod. Smrskana lobanja.
U mojoj glavi ponekad se otvori
jedna čistina. Tu se zrak uzoholi u misao
o tebi. Tad stisnem očne jabučice
i držim se čvrsto. Tad mislim o tebi. Mislim o tebi
na onoliko načina na koliko ih pada kiša.

Monolog fürs zweite Date

Meistens starre ich an die Decke und denke mir,
dass ich nicht sterben will. Ich habe einen Kopf.
Mein Kopf züchtet Gedankenkreise.
Auf einem brennenden Dach
hüpft eine Frau. Ferner gibt es dort Stürze
vom sechsten Stock, Windschutzscheibe, Selbstmordattentäter,
Stufenkante, mein Augapfel zerquetscht an der
Windschutzscheibe, Haifische, Schal, Stecknadel, ein Türgriff,
an dem der Schal hängt, Knoten, Schneeglöckchen. Ich habe
einen Kopf.
In meinem Kopf ist ein Bauch voller Schmetterlinge.
Die Schmetterlinge sind manchmal Haifische und wollen raus.
Ich lasse sie raus. Sie bleiben an der Schwelle hängen, brechen sich
den Kiefer an der Stufenkante. Ich habe einen Kopf.
Darin ist ein Wohnzimmer. Im Wohnzimmer
sitzt ein Selbstmordattentäter. Im Fernsehen wiederholen sich
die Folgen. In meinem Kopf wiederholt sich immer alles.
Domestos-Werbung. Nasser Boden. Zertrümmerter Schädel.
In meinem Kopf öffnet sich manchmal
eine Lichtung. Dort plustert sich die Luft auf im Gedanken
an dich. Dann kneife ich die Augen zu
und spanne alles an. Dann denke ich an dich. Denke an dich
auf so viele Arten, wie Regen fällt.

lekcije o ratu

Nikad se ne završava.
Poslije kandila, rafala i generala dolazi
intelektualac. Ne nužno tim redoslijedom.
U hotelskim sobama godinama kasnije sanjaš
lice iza vrata, pritisak puške na potiljku, sudbinu
možda odgođenu, ali neumoljivu
kao oči Marine Cvetajeve. Svaki put je prvi put.
Jer tijelo pamti, ali ne nauči ništa.

Nikad se ne završava. Neka tuđa imena sad krvare
na Si-En-Enu, umjesto tvoje zapaljene kuće u kadru jedan
čovjek
predaje dijete vojniku. Njegove oči
oči su tvog oca ili oca tvog oca, nije ni bitno. Ti si negdje,
na nekom trgu sad piješ kapućino, gospođa pored tebe kaže:
Kakav užas. Tvoj prezir pupa prelijep i svet.
Nikad se ne završava. Rat se vucara za tobom kroz
kontinente
u dronjavim karavanima. Svaki rat je tvoj. Kad te na granici
američki policajac pita odakle si, ti prstom pokažeš
na sva mjesta koja nestaju. U supermarketu, među
patlidžanima,
borovnicama iz Perua u decembru, tvoje zečje srce bježi
pred saznanjem da ćemo svi umrijeti.
Na kasi čuješ *pedesetpetdolaraišezdese*t i sjetiš se
čokoladica u šakama *unproforca*, plavušana na sličicama za
koje kaže da se zovu
Backstreet Boys. Tada je počeo, tvoj prelijepi,

Lektionen vom Krieg

Es hört nie auf.
Nach Weihrauch, Gewehrsalven und Generälen kommt
ein Intellektueller. Nicht unbedingt in dieser Reihenfolge.
In Hotelzimmern träumst du Jahre später von
einem Gesicht hinter der Tür, dem Gewicht des Gewehrs im
Genick, vom Schicksal,
vielleicht aufgeschoben, doch unerbittlich
wie die Augen Marina Zwetajewas. Jedes Mal ist das erste Mal.
Denn der Körper erinnert sich, aber er lernt nichts.
Es hört nie auf. Fremde Namen bluten jetzt
auf CNN, statt deines brennenden Hauses sieht man, wie ein Mann
einem Soldaten ein Kind überreicht. Seine Augen
sind die Augen deines Vaters oder des Vaters deines Vaters, ist auch
egal. Du bist jetzt irgendwo,
trinkst Cappuccino auf irgendeinem Platz, die Frau neben dir sagt:
Wie fürchterlich. Deine Verachtung knospt wunderschön und heilig.
Es hört nie auf. Der Krieg verfolgt dich in Lumpenkarawanen
quer über die Kontinente. Jeder Krieg ist dein Krieg. Wenn dich
der amerikanische Polizist an der Grenze fragt, woher du kommst,
zeigst du mit dem Finger
auf all die Orte, die verschwinden. Im Supermarkt, zwischen
Auberginen,
Blaubeeren aus Peru im Dezember, flieht dein Hasenherz
vor der Erkenntnis, dass wir alle sterben werden.
An der Kasse hörst du *fünfundfünfzigdollarsechzig* und erinnerst
dich
an den Blauhelmsoldaten, der Schokolade verteilte, und die
Blondschöpfe auf den Bildchen, die angeblich

tvoj sveti prezir prema svakome ko ima nešto za dati.

Nikad se ne završava. Ovo bježanje.
Rat ide za tobom i jeca od kostobolje. Čita tekst
zabrinutog intelektualca: *Moramo spasiti Ameriku od*
balkanizacije.
Smijete se ti i tvoj rat. Iz vaših usta sipa ruda
sumnjivog porijekla. U prolazu
govoriš ispeglanim košuljama: *Znate li*
za kruženje kostiju u prirodi? Čovjek je najprije
koža i kost, onda samo kost usred bijela dana,
kost u zemlji, ispliva za majskih kiša u tvom vrtu,
ti tom kosti miješaš čaj, jer tvoj rat razvio je gadan kašalj.
Za praznik puknu
vatrometi, ti šmugneš pod stol.
Tijelo pamti, ali ne nauči ništa.
Teško je uvjeriti vlastito tijelo da je preživjelo.

Nikad se ne završava. Poslije kandila, rafala i generala
dolazi investitor. Tvoj prezir pupa
prelijep i svet. Na Tviteru čitaš
kolumnistu Njujorkera: *Saosjećajnost nije prva stvar*
koja padne na pamet kad neko kaže Balkan.
Smijete se ti i tvoj rat. Smijete se, temeljito balkanizirani.
Onda se tvoj rat zakašlje i ti ga moraš
odvesti u vece. Držiš mu glavu dok povraća, tješiš ga:
U redu je, stari, ja te se još sjećam.
Gadiš se sama sebi dok sjedite, rame uz rame,
na hladnim pločicama. Jer ovdje se nema

Backstreet Boys heißen. Da hat sie begonnen, deine wunderschöne,
deine heilige Verachtung gegenüber allen, die etwas zu geben haben.
Es hört nie auf. Das Fliehen.
Der Krieg läuft dir nach und klagt über Knochenschmerzen. Er liest
den Text
eines besorgten Intellektuellen: *Wir müssen Amerika vor der*
Balkanisierung retten.
Ihr lacht, du und dein Krieg. Aus euren Mündern fallen
Bodenschätze
fragwürdiger Herkunft. Im Vorbeigehen
fragst du die gebügelten Hemden: *Kennen Sie*
den Knochenkreislauf der Natur? Der Mensch ist zunächst
Haut und Knochen, dann nur noch Knochen am helllichten Tag,
Knochen in der Erde, im Mairegen taucht er in deinem Garten auf,
du bereitest diesem Knochen Tee, denn dein Krieg hat einen
scheußlichen Husten entwickelt.
Am Feiertag explodieren
Feuerwerke, du fliehst unter den Tisch.
Der Körper erinnert sich, aber er lernt nichts.
Schwer, den eigenen Körper zu überzeugen, dass er überlebt hat.
Es hört nie auf. Nach Weihrauch, Gewehrsalven und Generälen
kommt ein Investor. Deine Verachtung knospt
wunderschön und heilig. Auf Twitter liest du
einen Kolumnisten des New Yorker: *Mitgefühl ist nicht das Erste,*
was einem einfällt, wenn jemand Balkan sagt.
Ihr lacht, du und dein Krieg. Ihr lacht, von Grund auf balkanisiert.
Dann hustet dein Krieg und du musst ihn
zur Toilette bringen. Du hältst seinen Kopf, während er erbricht,
tröstest ihn:
Schon gut, Alter, ich erinnere mich noch an dich.
Du ekelst dich vor dir selbst, während ihr dasitzt, Schulter an Schulter,

šta drugo raditi, i niko drugi nije tu,
samo ti i tvoj rat.

auf den kalten Fliesen. Denn hier gibt es
nichts anderes zu tun, und niemand anderes ist hier,
nur du und dein Krieg.

zapadni doktorandi, u prostorijama nevladine organizacije nude dvadeset dolara za naš *informirani pristanak*. U našoj su *zemlji kompleksnih međuetničkih odnosa* kako bi istražili *mehanizme nasilja*. Prije njih, nismo ni znali da je ubistvo autohtono našim rukama, da iz njih provaljuje gromoglasno kao smijeh povijesti. Noa iz Osloa tu je da pojasni. Gdjegod se zapodjene rat, tamo šalju Nou iz Osloa, doktoranda mirovnih studija, da širi zdrav razum, postavi pravo pitanje – *zašto?*, umjesto *zašto da ne?* Što više ratujemo, to više trebamo Nou iz Osloa, još par genocida i njegova je profesura. O Noa iz Osloa! Mi ćemo ti pomoći, biti tvoji, samo tvoji, lični *lokalni informanti*, pogodno anonimni, spremni govoriti na mig. I govorimo, a ti, o Noa iz Osloa, sve k srcu primaš. Tvoja zgranutost zgranutost je svih čije zemlje ne bi nikad, baš nikad. Tvoje saosjećanje gusto je i kapa na podu, gmiže prema nama, pentra se uz naše noge. Na koži ostavlja vreli trag sluzi. Kako oprati tvoje *ne mogu ni zamisliti, vrlo mi je žao*. I ti si nečiji dragi mali dječak, tvom imenu pristaje svaki font, tvoja mama na telefonu sa drugaricom *tako mi je drago što je imao jedno takvo iskustvo*. O Noa iz Osloa! Mermerna površina u tvojoj kuhinji, bezbrižni uvojak tvoje majke, to je

Wir werden heimgesucht

von westlichen Doktoranden, sie bieten uns in den Räumlichkeiten einer NGO zwanzig Dollar für unseren *informed consent* an. Sie sind in unserem *Land der komplexen interethnischen Beziehungen*, um die *Mechanismen der Gewalt* zu erforschen. Vor ihnen wussten wir nicht einmal, dass das Morden unseren Händen eingeboren ist, dass es aus ihnen schallend hervorbricht wie das Gelächter der Geschichte. Noa aus Oslo ist hier, um es uns zu erklären. Wo auch immer sich ein Krieg anbahnt, dorthin wird Noa aus Oslo geschickt, Doktorand der Friedensforschung, um gesunden Menschenverstand zu verbreiten, die richtige Frage zu stellen – *warum?*, anstelle von *warum nicht?* Je mehr wir Krieg führen, desto mehr brauchen wir Noa aus Oslo, nur noch ein paar Genozide, und er hat seine Professur. O Noa aus Oslo! Wir werden dir helfen, dir zur Verfügung stehen, nur dir, deine *lokalen Informanten*, passend anonym, sagen bereitwillig auf ein Zeichen hin aus. Wir sagen aus, und du, o Noa aus Oslo, du nimmst dir alles zu Herzen. Deine Erschütterung ist die Erschütterung aller, in deren Ländern so etwas nie, nie. Dein Mitleid ist zähflüssig und tropft zu Boden, kriecht auf uns zu, klettert an unseren Beinen hoch. Es hinterlässt eine heiße Schleimspur auf der Haut. Wie dein *Ich kann mir das gar nicht vorstellen, es tut mir so leid* abwaschen? Auch du bist jemandes lieber kleiner Junge, dein Name passt zu jeder Schriftart, deine Mama sagt zu ihrer Freundin am Telefon *Ich freue mich so, dass er so eine Erfahrung machen konnte*. O Noa aus Oslo! Die Marmorarbeitsfläche in deiner Küche, die sorgenfreien Locken deiner Mutter, das ist es, wonach

ono za čime žudimo. Za nesvijesti mesareve oštrice. Kako ona može znati šta kasapi? Ma šta mi rekli, ti i zlaćano klasje tvojih vlasi nikad nećete znati kojom se brzinom duže sjenke kad ih pokušaš preteći. U zahvalama spominješ *hrabrost preživjelih čije priče svjedoče o potrebi restorativne pravde i transverzalnog pomirenja u subliminalnim prostorima post-konfliktnih konteksta*. Poslije tebe, ležimo dugo, širom otvorenih očiju, pokušavajući se sjetiti svojih imena. Niz bradu nam cure bale. Jer zamišljamo tebe, svezanog za stolicu, tvoje bilješke spaljene, tvoj vrat u našim šakama, o dragi, mali Noa iz Osloa.

wir uns sehnen. Nach der zärtlichen Bewusstlosigkeit des Fleischermessers. Was weiß es schon, was es schlachtet? Egal, was sie mir sagten, du und die goldenen Ähren deines Haars werdet niemals wissen, mit welcher Geschwindigkeit sich Schatten verlängern, wenn man versucht, sie einzuholen. In der Danksagung erwähnst du *die Tapferkeit der Überlebenden, deren Geschichten von der Notwendigkeit restaurativer Gerechtigkeit und transversaler Versöhnung in den subliminalen Räumen von Post-Konflikt-Kontexten zeugen.* Nach dir liegen wir lange da, mit aufgerissenen Augen, und versuchen uns an unsere Namen zu erinnern. Der Speichel rinnt uns am Kinn hinunter. Denn wir stellen uns vor, wie du an einen Stuhl gefesselt bist, deine Notizen verbrannt, dein Hals in unseren Fäusten, o lieber, kleiner Noa aus Oslo.

sve što me mama nikada neće pitati

Je li hladno tu gdje živiš? Je li vjetrovito?
Je li istina što kažu o toj rijeci, da je strpljiva
poput jezera, da nije hirovita
kao rijeke koje znamo? Dane provodim
gledajući vijesti, misleći: zar nije vrijeme da i ja
imam neke veze sa detonacijama?
Sjećaš li se Nove godine kada su prasnuli
vatrometi, a mi se sakrile pod sto?
Je li istina što kažu o psima, da se i oni
boje vatrometa? Jesmo li kao psi,
u tom pogledu? Je li istina što kažu o toj rijeci,
da nije osvetnička i krastava kao rijeke koje znamo?
Je li grad u kojem živiš velik? Dovoljno velik
da se u njemu izgubiš? Jesi li izgubljena – posljednji put
kad sam ti pogledala u lice, gdje sam te trebala tražiti?
Ko si u očima vozača koji te posmatra
dok poništavaš kartu? Ili žene koja ti se smiješi
sa drugog kraja restorana? Uzvratiš li taj osmijeh?
Moja kćeri, koja si otputovala dalje
nego što mogu i zamisliti, čini li ti se nekad
dok hodaš ulicom da neko drugi
hoda iza tebe? Staneš li? Okreneš li se?
Znaš li da sam ti izrezala oblik
iz nepokorive želje? Zašto onda
da se ičega bojimo?
Hoćeš li se vraćati? Ako hoćeš,
znaš li kako spakovati dah
dovoljno dug da nadživi utapanje?

Was Mama mich niemals fragen wird

Ist es kalt, wo du wohnst? Ist es windig?
Stimmt es, was sie sagen, dass der Fluss bei dir geduldig ist
wie ein See, nicht launisch
wie die Flüsse, die wir kennen? Tagelang
schaue ich Nachrichten und denke: Müsste nicht auch ich
langsam mit den Explosionen zu tun haben?
Erinnerst du dich an das Silvester, als das Feuerwerk
losbrach und wir uns unter dem Tisch versteckten?
Stimmt es, was sie sagen, dass auch Hunde sich
vor Feuerwerk fürchten? Sind wir den Hunden
darin ähnlich? Stimmt es, was sie sagen, dass der Fluss bei dir
nicht rachedurstig und grindig ist wie die Flüsse, die wir kennen?
Ist die Stadt groß, in der du wohnst? Groß genug,
um sich darin zu verlieren? Hast du dich verloren – letztes Mal,
als ich dir ins Gesicht sah, und wo hätte ich dich suchen sollen?
Wer bist du in den Augen des Busfahrers, der beobachtet,
wie du dein Ticket entwertest? Der Frau, die dich anlächelt
vom anderen Ende des Restaurants? Lächelst du zurück?
Meine Tochter, die du weiter gereist bist,
als ich mir überhaupt vorstellen kann, hast du manchmal das
Gefühl, wenn du durch die Straße läufst, dass jemand anderes
hinter dir geht? Und bleibst du stehen? Drehst du dich um?
Weißt du, dass ich deine Gestalt aus meinem unbändigen
Wunsch geformt habe? Warum sollten wir also
vor irgendwas Angst haben?
Hast du vor zurückzukommen? Falls ja,
weißt du denn, wie man Atem einpackt,
lang genug, um das Ertrinken zu überdauern?

Jer ovdje su rijeke
uporne, nezasite,
i jesi li ikada vidjela ijednu
da je uspjela zauvijek pobjeći.

Denn hier sind die Flüsse
hartnäckig, unersättlich,
und hast du je welche gesehen,
denen es gelungen ist, für immer zu fliehen.

***

Jedan plavooki dječak zviždao je vraćajući se iz škole. Hrastovi na kaldrmastom trgu bili su mu dobri drugovi. Sad korača pokraj njih zadnji put i ne podiže pogled. Kad stigne do ulice, podsjeti se da treba probrati mjesto gdje eksplozija neće moći oštetiti druge kuće. Najširi prostor je tamo gdje ulica skreće prema zgradi osnovne škole. Tu staje, na samu sredinu. Sad treba zamisliti jato ptica oko minareta, otvoren prozor na jednoj od kuća, krčkanje spikerovog glasa u radiju, miris pečenih paprika i korijandera. Iz džepa jakne vadi ruku, rasklapa šaku. Granata leži na njegovom dlanu, kao usnuli vrabac. Posljednja misao šmugne preko poda njegove svijesti. Povlači osigurač.

Negdje u gradu, zvoni telefon.
Moja mama obrušava se na pod.

***

Ein Junge mit blauen Augen lief immer pfeifend von der Schule nach Hause. Die Eichen auf dem gepflasterten Platz waren seine guten Freunde. Jetzt geht er das letzte Mal an ihnen vorbei und blickt nicht auf. Als er die Straße erreicht, ermahnt er sich, einen Ort zu wählen, an dem die Explosion keine anderen Häuser beschädigen kann. Am breitesten ist es dort, wo die Straße Richtung Schulgebäude abbiegt. Dort bleibt er in der Mitte stehen. Jetzt stelle man sich einen Vogelschwarm vor, der das Minarett umkreist, das geöffnete Fenster an einem der Häuser, die knacksende Stimme des Nachrichtensprechers im Radio, den Geruch von gegrillter Paprika und Koriander. Er zieht die Hand aus der Tasche, öffnet seine Faust. Die Granate liegt in seiner Hand wie ein schlafender Spatz. Ein letzter Gedanke huscht über den Boden seines Bewusstseins. Er zieht die Sicherung heraus.

Irgendwo in der Stadt klingelt das Telefon.
Meine Mutter sackt zu Boden.

trolejbuski bluz

Kolektivnim umorom
ljuljamo trolejbus u ritmu
hromog talasa.
Sreću nam se pogledi,
potvrđuju – jeste,
još smo tu, mazni od sunca
čekamo
da se otvore vrata.
Svaki naš korak začinje
novu budućnost ničega posebnog.
Prolazimo
pored prodavača kestenja, crvenih
obavještenja o sniženju u izlogu.
I što duže zurimo
u nešto tako jednostavno poput neba,
to začuđeniji postajemo.
Kako smo stigli ovdje? Među drveće
čije nas granje možda treba,
jer bez naših opruženih tijela imalo bi jednu
svrhu manje na ovom svijetu.
Još samo malo, moliću lijepo.
Još jedna šetnja ulicom, pored auta
u leru. Još jedan zadihani uspon,
okretanje ključa u bravi.
Još jedno *Stigla sam!*
upućeno nekome
ko neće odgovoriti.

Trolleybus-Blues

Mit kollektiver Müdigkeit
schaukeln wir den Trolleybus im Rhythmus
einer hinkenden Welle.
Unsere Blicke treffen sich,
bestätigen: Ja,
wir sind noch da, verwöhnt von der Sonne
warten wir,
bis sich die Türen öffnen.
Mit jedem unserer Schritte beginnt
eine neue Zukunft ohne Belang.
Wir kommen vorbei
am Kastanienverkäufer, an den roten
Rabattschildern in der Auslage.
Und je länger wir in etwas
so Simples wie den Himmel schauen,
desto erstaunter sind wir.
Wie sind wir hierhergekommen? Unter die Bäume,
deren Geäst uns womöglich braucht,
weil es ohne unsere ausgestreckten Glieder einen
Zweck weniger hätte auf dieser Welt.
Nur noch kurz, bitte.
Nur noch einen Spaziergang durch die Straße, an Autos
im Leerlauf vorbei. Noch einen Anstieg, keuchend,
den Schlüssel im Schloss umdrehen.
Noch ein *Bin da!*
an jemanden gerichtet,
der keine Antwort gibt.

sekvoje

Kad je kraljica Kleopatra vladala Egiptom,
mi bile smo već drevne.
Pod zemljom naše korijenje seže jutrima.
Njime šaljemo poruke sestrama
na drugom kraju kontinenta: *Pazi,*
stiže kuga. Naša kora pamti
više kao kora nego kao papir.
Sve je tu. Perlice i vršci koplja.
Odjek sjekira, glineni vrčevi,
prozori izbijeni vjetrom, podvezani
šalovi babica, sjetve uništene
gradom ili tenkovima. Usta,
mnogo njih, na svakom
parčetu zemlje, jedna drugima
prenose poruke. *Pazi, stiže kuga.*
Sve to zauzeto rojenje. Nekada dođu
sami, nekada u pratnji, u prašini
oko nas crtaju linije, podvriskuju: *moje,*
tvoje! U bezočnom julu
pod našim granjem pruže
svoja tijela. Kratko su ovdje.
Prekratko za igru
ili bar mudrost. Kad se boje smrti,
njihova usta pjevaju.
Tad ih je najljepše slušati.

Sequoias

Als Königin Kleopatra über Ägypten herrschte,
waren wir schon Greisinnen.
Unterirdisch reichten unsere Wurzeln viele Morgen weit.
Mit ihnen warnen wir die Schwestern
am anderen Ende des Kontinents: *Passt auf,*
die Pest kommt. Unsere Rinde erinnert sich
mehr als Rinde denn als Papier.
Alles ist da. Perlen und Speerspitzen.
Hallende Beilhiebe, Tonkrüge, vom Wind
zerschlagene Fenster, untergebundene
Hebammentücher, von Hagel oder Panzern
vernichtete Saat. Auf jeder Handbreit
Erde viele Münder, von einem
zum anderen
geht die Warnung. *Passt auf, die Pest kommt.*
Dieses emsige Gewusel. Mal kommen sie allein,
mal in Begleitung, ziehen Linien
in den Staub um uns, kreischen: *meins,*
deins! Im erbarmungslosen Juli
strecken sie unter unserem Geäst
ihre Glieder. Verweilen kurz.
Zu kurz zum Spielen
oder wenigstens für Weisheit. Erst wenn sie den Tod fürchten,
singt ihr Mund.
Dann lauschen wir ihnen am liebsten.

nana

Sanjam je kako ulazi
u vlastitu kuću kroz razbijen prozor,
na leđima joj šumski požar.

Spušta ga nasred sobe
pored miraza stisnute vilice
i predskazanja,

četiri puta je njena utroba
izrešetena otkucajima,
četiri puta je saznala
sve što u životu treba da zna.

Nasred sobe gori
šumski požar, od čela joj
pravi plamenorez.

Sanjam je
kako ulazi u vlastitu kuću
kroz razbijen prozor,
na leđima joj vjerolomstvo.

Kad u Ramazan zacvili glad u kolijevkama,
ona u lonac iscijedi sol
vlastitih bjeonjača, čuje

Nana

Ich träume, wie sie
ihr Haus durchs zerschlagene Fenster betritt,
auf ihrem Rücken ein Waldbrand.

Sie setzt ihn im Zimmer ab
neben die Mitgift aus Zähneknirschen
und Vorhersagen,

vier Mal wurde ihr Unterleib
von Schüssen durchlöchert,
vier Mal erfuhr sie
alles, was sie im Leben wissen muss.

Im Zimmer lodert
ein Waldbrand, ihre Stirn
ein Flammenschnitt.

Ich träume,
wie sie ihr Haus
durchs zerschlagene Fenster betritt,
auf ihrem Rücken der Verrat.

Wenn im Ramadan Hunger in den Wiegen heult,
presst sie das Salz ihrer Augen
in den Kochtopf, hört

učena muška usta
kako preživaju priče
o Iblisu u ženi –

priperci duž njene kičme
kriju sjemena vreline, duboko u njoj
jedno znanje zahvata dim.

Sanjam je kako ulazi u vlastitu kuću
kroz razbijen prozor, na leđima joj stoto
božje ime.

Sanjam je kako me gleda,
gleda me dugo,
čelo joj preorano zgarište.

Predaje mi miraz iskri.
Gleda me.
Zovem je *hak*. Zovem je *nur*.

gelehrte Männermünder
Geschichten wiederkäuen
über Iblis in der Frau –

Tragblätter entlang ihrer Wirbelsäule
bergen Knospen der Hitze, tief in ihr
wird eine Gewissheit zu Rauch.

Ich träume, wie sie ihr Haus
durchs zerschlagene Fenster betritt, auf ihrem Rücken der
hundertste Name Gottes.

Ich träume, wie sie mich ansieht,
lange ansieht,
ihre Stirn eine umgepflügte Brandstätte.

Sie reicht mir die Mitgift aus Funken.
Sieht mich an.
Ich nenne sie *Ḥaqq*. Ich nenne sie *Nūr*.

baka odlazi u obećanu zemlju

1.

Kad pogledam u svjetlost
prikovanu za pod,
popodne mi se učini
nemoguće dugo. Onda,
drhtaj granja,
i prošlo je. Ostaje mi ljuska
zaboravljene misli. U ormaru
naslagani sumraci žute.

2.

Zgrbljena u upitnik
keram košulju mraka.
Na televiziji povijest
upada u ovaj
ili onaj grad. Mjesec
me se pokušava
sjetiti. Ko je ova žena
koja bi da ima
nekakve veze
sa detonacijama,
a ispustila je svoje lice
na kućnom pragu?
Muškarac na mom
krevetu u snu niže
imena. Imena neodoljiva

Oma geht fort ins gelobte Land

1.

Wenn ich ins Licht blicke,
das am Boden fixiert ist,
erscheint mir der Nachmittag
unmöglich lang. Dann,
ein Zittern der Zweige,
und schon ist er vorbei. Mir bleibt die Hülle
eines vergessenen Gedankens. Gestapelte
Dämmerungen vergilben im Schrank.

2.

Gekrümmt zu einem Fragezeichen
besticke ich das Gewand der Finsternis.
Im Fernsehen stürmt
die Geschichte diese
oder jene Stadt. Der Mond
versucht, sich an mich
zu erinnern. Wer ist diese Frau,
die mit den
Explosionen
zu tun haben will,
aber auf der Türschwelle
ihr Gesicht fallen ließ?
Ein Mann an meinem
Bett reiht im Traum
Namen aneinander. Die Namen, unwiderstehlich

kao obećanje,
svijaju se oko mojih nogu,
ne odustaju.

3.

Je li ovo sve?
Čim sam pitala,
tijelo se prometnulo u ponornicu,
kao sve rijeke kad vide
da je horizont potrošen.
Na drugoj strani
                    – vrijeme,
poput finog porculana
u vitrini, taknuto nijednom.
Ovdje se kreću u legijama,
neuplašene,
na obali suše se
njihova raspletena grla.

Izbavljene iz bezakonja
očiju, smijemo se vatri,
i ne vjerujemo
utjehama vječnosti.
Bog čeka u prikrajku,
drijemajući kroz stoljeća.
Bog je još tu, ali ti to
već odavno znaš.

wie ein Versprechen,
scharen sich um meine Beine,
geben nicht auf.

3.

Ist das alles?
Kaum habe ich die Frage gestellt,
verwandelt sich mein Körper in einen Karstfluss,
wie alle Flüsse, wenn sie sehen,
dass der Horizont verbraucht ist.
Auf der anderen Seite
                    – die Zeit,
wie filigranes Porzellan
in der Vitrine, keinmal angerührt.
Hier bewegen sie sich in Myriaden,
furchtlos,
am Ufer trocknen
ihre entwirrten Hälse.

Befreit aus der Gesetzlosigkeit
der Augen, lachen wir über das Feuer
und glauben nicht
an den Trost der Ewigkeit.
Gott lauert im Abseits,
döst durch die Jahrhunderte.
Gott ist noch da, aber das
weißt du längst.

matrilinearnost

Jednu rastoče
na konce, druga
isplete mrežu, treća zahvati.

Jedna na koži
zareže godine, druga savije
rešetke, treća istupi.

Jedna pod jezik
ušuška trn, druga uzgoji
grlo, treća se usudi.

Jedna ugrize
kamen u ustima, druga
proguta zube. Treća pljune.
Progovori.

Matrilinearität

Eine wird zerrieben
zu Fäden, die Nächste
knüpft ein Netz, die Dritte wirft es aus.

Eine ritzt die Jahre
in ihre Haut, die Nächste biegt
das Gitter, die Dritte tritt hinaus.

Eine bettet den Dorn
unter der Zunge, die Nächste hegt
ihre Kehle, die Dritte wagt es.

Eine beißt auf den Stein
in ihrem Mund, die Nächste schluckt
dic Zähne hinunter. Die Dritte spuckt aus.
Spricht.

tebi za ljubav biću

krv krmeta-pandura, stamena kao uvojak
Aleksandre Kolontaj, crveni barjak
na izgorenom polju,
biću hljeb, biću hor, hitac
iz Browning-a 9 mm, prijemčiva za budućnost
kao grudi prestolonasljednika, ona
koju si spremna čekati čitav život a već sam tu,
kroz tvoju malodušnost gradim
prugu Brčko – Banovići,
biću crni lak za nokte, molotovljev koktel,
pamflet krišom ubačen pod tvoja vrata,
kad kloneš podsjetiću *mi moramo da sačuvamo*
srca za ljubav, biću ruže u junu
i notni zapis Marseljeze, od tvoje nedosanjanosti
izradit ću čakiju, u slučaju da straže
su već umorne, i kad ti zatreba
pusta ulica u predvečerje velikih stvari,
biću ulica, odjek potpetica
dok dragocjena kao dan poslije
koračaš prema trgu.

Aus Liebe für dich bin ich

das Blut eines Bullenschweins, stramm wie die Locken
von Alexandra Kollontai, die rote Fahne
auf verbranntem Feld,
bin Brot, bin ein Chor, ein Schuss
aus einer 9-mm-Browning, empfänglich für die Zukunft
wie die Brust eines Thronfolgers, bin die,
auf die du dein ganzes Leben zu warten bereit bist, dabei bin
ich schon hier,
ich baue quer durch deinen Kleinmut
die Bahnstrecke Brčko–Banovići,
ich bin schwarzer Nagellack, ein Molotowcocktail,
ein heimlich unter deine Tür geschobenes Pamphlet,
ich sage dir, wenn du verzagst, *wir müssen unser Herz*
für die Liebe bewahren, ich bin Rosen im Juni
und die Noten der Marseillaise, aus deiner Unerträumtheit
mache ich ein Klappmesser, für den Fall, dass die Wachen
schon müde sind, und wenn du eine leere Straße
am Vorabend großer Ereignisse brauchst,
bin ich die Straße, der Hall der Absätze,
während du kostbar wie der Tag danach
auf den Platz schreitest.

dom kao popis sujevjerja

ako se otvori u kući, kišobran najavljuje smrt

U našoj verziji ljubavi
ko god bude pošteđen, ne staje
ni pred jednim morem. Te godine
lastavice sa sobom poniješe crepove
i od naše kuće napraviše bunar.
Nama se od utapanja učini san.
Rekli smo: *bolje je umrijeti*
u divljini, stran svemu što te je voljelo,
bolje umrijeti među zvijerima koje nikome
nisu svjedok. Cijelu zimu
osluškivali smo kako trupla
odjekuju dnom. Kad su zidovi
konačno popustili pred poplavom,
mojim rukama se od glava
učiniše olupine i one ih
u bijegu
gurnuše pod vodu.

ako si vani nakon mraka, u tebe će ući džini

Kad dan pomodri u mudrost korijena,
izlazimo napolje obučeni
ni u jednu kožu. Džini nad nama
navuku pokrov.

Zuhause ist eine Liste des Aberglaubens

Wenn du einen Regenschirm im Haus aufspannst, kündigt er den Tod an

In unserer Version von Liebe
bleibt, wer verschont wurde,
vor keinem Meer mehr stehen. In jenem Jahr
trugen die Schwalben Dachziegel davon
und machten aus unserem Haus einen Brunnen.
Beim Untergehen dachten wir, wir träumten.
Wir sagten: *Lieber in der Wildnis sterben,*
entfremdet von allem, das uns liebte,
lieber unter wilden Tieren sterben, die
niemandes Zeugen sind. Den ganzen Winter
lauschten wir dem Echo von Leichen
auf dem Boden. Als die Wände schließlich
der Flut nachgaben,
wurden die Köpfe zu Schiffswracks
und flüchtend
drückte ich sie eigenhändig
unter Wasser.

Wenn du nach Einbruch der Dunkelheit draußen bist, fahren die Dschinns in dich

Wenn der Tag sich in die Weisheit der Wurzeln verdunkelt,
gehen wir hinaus, gekleidet in
keinerlei Haut. Die Dschinns
ziehen uns ein Leichentuch über.

U konstelacijama lukovica čitamo:
ovdje leže oni koji su čekali.
I čekali. I onda ništa.
Kad počnem grebati svod,
ti zapušićeš uši grumenjima zemlje,
da ne bi čula smijeh živih.
Naša ljubav
oduvijek je bila samo jedno:
okretanje glave kad se usred noći
neko iskrade kroz vrata.

ko se ne kreće, biće kažnjen
paučinom premreženim nebom

U komšijskim dvorištima gledali smo
samoubice kako gestom visibaba
najavljuju proljeće.
Juni.
Ovdje ništa ne raste.
Ništa osim
trava u ušima vojnika
u šumi iznad naše kuće.
Greška je bila zaboraviti
da samo svjetlost umije preći preko ruba
ostajući cijela.
Opkoračila sam kanjon
svake presahle rijeke,
galopom sjurila
ravno u decembar.

In den Anordnungen der Zwiebelknollen lesen wir:
Hier liegen jene, die warteten.
Und warteten. Und dann: nichts.
Wenn ich am Gewölbe kratze,
verstopfst du deine Ohren mit Erdklumpen,
um das Lachen der Lebenden nicht zu hören.
Unsere Liebe
war immer schon nur das:
sich wegdrehen, wenn spätnachts
jemand zur Tür hinausschlich.

Wer sich nicht bewegt, wird mit
einem Himmel voll Spinnweben bestraft

In den Nachbarsgärten sahen wir
die Selbstmörder mit Schneeglöckchengestik
den Frühling ankündigen.
Juni.
Hier wächst nichts.
Nichts außer
Gras in den Ohren der Soldaten
im Wald oberhalb unseres Hauses.
Es war ein Fehler zu vergessen,
dass nur das Licht unbeschadet
Grenzen überschreiten kann.
Ich stand mit gespreizten Beinen über dem Canyon
jedes ausgetrockneten Flusses
und rannte im Galopp
geradewegs in den Dezember.

jednom kad negdje pođeš, nije dobro vraćati se

U našoj verziji ljubavi
jedno drugom prepilimo grudni koš,
u njemu sagradimo putokaz.
Davno je to bilo.
Sad pred sobom imam put svijetao
od odsustva i njime idem glavom
okrenutom unazad.
Pod mojim nogama vjetrovi ruže prostore –
ko god bude pamtio,
neće ovo nazvati bijegom.
Ovdje je moj put, mama,
vijugav kroz nenamještene dane.
Ne trebaju mi upute
kuda ići. Trebaš mi ti
da pogledaš u moje ruke
i kažeš mi
da nisu krive.

Wenn du einmal fortgegangen bist, komm besser nicht zurück

In unserer Version von Liebe
durchsägen wir einander den Brustkorb
und stellen einen Wegweiser darin auf.
Das ist lange her.
Jetzt liegt vor mir ein leuchtender Weg
aus Abwesenheiten, und ich gehe ihn,
den Kopf zurückgewandt.
Unter meinen Füßen peitscht der Wind den Raum –
wer auch immer sich daran erinnert,
wird das hier keine Flucht nennen.
Hier ist mein Weg, Mama,
er windet sich durch unmöblierte Tage.
Ich brauche keine Anleitung,
wohin ich gehen soll. Ich möchte, dass du
meine Hände ansiehst
und mir sagst,
dass sie nicht schuldig sind.

zašto govoriti

Zato što zrak.
Zato što zrak nema težinu a u sebi nosi
sve što postoji.
Zato što su stepe prosute sicilijanske naranče
i mirišu na barut.
Zato što nana na nebu
još krpi vunene čarape. Zato što je još
čujem kako govori *danas mi je u očima neki mrak*.
      Zato što je svijet pun očiju.
Zato što zavjese na prozoru,
u kućama koje još stoje.
Zato što u Slavoniji, u neoznačenom grobu,
leži jedna djevojčica.
Zato što je nana prva u svom selu
umjesto otiska prsta na bračnom listu ostavila
svoje ime.
Zato što vam još ne znam
svima imena.
Zato što ćao,
Isidora.
Zato što je moj grad onaj
kojim je puzala tetka. Zašto što tetka
više ne puže.
Zato što slast
kojom otpuhuje dim cigarete.
Zato što rak u njenoj maternici.
Zato što su bogovi veliki
samo kad su ljudi.

Warum sprechen

Weil die Luft.
Weil die Luft nichts wiegt, aber alles
in sich trägt, was existiert.
Weil die Steppen mit sizilianischen Orangen übersät sind
und nach Schießpulver riechen.
Weil Nana im Himmel
weiter Wollsocken stopft. Weil ich sie noch
sagen höre *Irgendwas ist heut so dunkel in meinen Augen.*
    Weil die Welt voller Augen ist.
Weil Gardinen in den Fenstern
in Häusern, die noch stehen.
Weil in Slawonien im namenlosen Grab
ein kleines Mädchen liegt.
Weil Nana als Erste im Dorf
den Trauschein statt mit Fingerabdruck
mit ihrem Namen unterschrieb.
Weil ich euch noch nicht
alle mit Namen kenne.
Weil Hallo,
Isidora.
Weil es meine Stadt ist,
durch die meine Tante kroch. Und weil meine Tante
nicht mehr kriecht.
Weil sie mit Genuss
den Rauch ihrer Zigarette wegbläst.
Weil Krebs in ihrer Gebärmutter.
Weil Götter nur groß,
wenn sie Menschen sind.

Zato što na granici, ispred bodljikave žice,
čovjek drži bocu mlijeka
u plastičnoj kesi. Zato što je njegovo lice
lice mog oca.
Zato što smo krivi, iako nam se oči
rađaju nevine.
Zato što ne mogu zaboraviti to što sam vidjela:
brodove i svjetionike,
zastavu u rastvorenom grkljanu,
nepomućenost kasapina.
Zato što kaćunice na balkonu.
Zato što nespokoj
pravednih.
Zato što svjetlost mora prevaliti
toliku samoću samo da bi stigla do nas.
Zato što je svijet pun očiju.
Zato što se neke oči više ne mogu zatvoriti.

Weil an der Grenze, vor dem Stacheldraht,
ein Mann in einer Plastiktüte
eine Flasche Milch trägt. Weil sein Gesicht
das meines Vaters ist.
Weil wir schuldig sind, auch wenn unsere Augen
unschuldig geboren werden.
Weil ich nicht vergessen kann, was ich gesehen habe:
Schiffe und Leuchttürme,
ein Fähnchen in der aufgeschlitzten Gurgel,
die Unbekümmertheit des Schlächters.
Weil Krokusse auf dem Balkon.
Weil die Gerechten
ruhelos.
Weil das Licht so viel Einsamkeit
zurücklegen muss, nur um uns zu erreichen.
Weil die Welt voller Augen ist.
Weil sich manche Augen nicht mehr schließen lassen.

sve što su mi u snu rekle lomače

Živjećeš opkoljena nebożdernim ustima,
znaćeš da tijelo

ne smije ostavljati tragove na obrisanoj
površini tuđih misli.

Vjetar će u šipražju svirati gluhim
gudalima, ježiti

tvoju kožu boje oštrice
u kojoj se ogleda horizont.

Noću, u zapešću osjetićeš damar
mraka, tvoj strah prizivaće sjenke

stjerane u ćošak. Nikada
nećeš zaspati.

U ljubav ulazićeš očnjacima,
u zebnju bez odbrane.

Kad ti kažu *grijeh*
je otići, ići ćeš,

sve dok iza tebe ne ostane ništa
što bi se moglo napustiti.

Was mir die Scheiterhaufen im Traum sagten

Du wirst leben, belagert von himmelfressenden Mündern,
du wirst wissen, dass ein Körper

keine Spuren auf der polierten Oberfläche fremder
Gedanken hinterlassen darf.

Der Wind wird mit tauben Geigenbögen übers
Gestrüpp streichen, einen Schauder schicken

über deine klingenblitzende Haut,
in der sich der Horizont spiegelt.

Nachts wirst du am Handgelenk den Puls
der Dunkelheit spüren, deine Angst wird in die Ecke

gedrängte Schatten beschwören. Du wirst
nie einschlafen.

Der Liebe wirst du mit Eckzähnen begegnen,
der Furcht aber wehrlos.

Wenn sie sagen *Es ist eine Sünde
fortzugehen,* wirst du gehen,

so lange, bis hinter dir nichts übrig ist,
was verlassen werden könnte.

Sve dok iza tebe ne ostane
ništa što bi se moglo napustiti,

ići ćeš, grijeh je u zebnju
ulaziti bez odbrane,

kad te očnjaci stjeraju u ćošak,
pred tobom će ležati oštrica horizonta,

njome ćeš kao gudalom
svirati po zapešću,

iz šipražja tvoje kože
izrašće nebožderna usta,

znaćeš, čak i obrisano tijelo
i dalje ostavlja tragove,
        živjećeš.

So lange, bis hinter dir nichts
übrig ist, was verlassen werden könnte,

wirst du gehen, es ist eine Sünde,
der Furcht wehrlos zu begegnen,

wenn dich Eckzähne in die Ecke drängen,
wird vor dir die Klinge des Horizonts liegen,

du wirst wie mit einem Geigenbogen damit
über das Handgelenk streichen,

aus dem Gestrüpp deiner Haut
werden himmelfressende Münder wachsen,

du wirst wissen, dass selbst ein polierter Körper
noch Spuren hinterlässt,
du wirst leben.

niko ne piše kući

Nešto se stalno slama na nebu iznad nas.
Pokušavam se sjetiti
svitaca u tvojim sklopljenim rukama.
Kasni august. Na našoj koži ljeto
nije znalo kako odustati.
Okliznula sam se trčeći za tobom
već zamaklom sa druge strane brda,
gdje mrtva usta vojnika
makovima šapuću tajne korijenja.
      Trčala sam,
vjerujući rijeci kad bi slegnuvši
talasima zamijenila naše odraze,
kroz dan pun drači,
ne sluteći koliko daljine
stane u jedan ožiljak.
      Sad znam,
čim se oblak prelomi,
nahrupi plavet da ispuni prazninu –
nebo je tek glasina o svemu
što smo izgubili.
Gdje god da pogledam,
tvoja sjena još nestaje za horizontom.
I ja još trčim
prema tebi, širom
otvorenih ruku.
Trčim unazad
uvijek, mama.

Niemand schreibt nach Hause

Etwas bricht ständig am Himmel über uns.
Ich versuche mich an das
Glühwürmchen in deinen gefalteten Händen zu erinnern.
Ende August. Auf unserer Haut konnte der Sommer
noch nicht aufgeben.
Ich rutschte aus, als ich dir nachrannte,
du warst schon hinter dem Hügel,
wo tote Soldatenmünder den
Mohnblumen Wurzelgeheimnisse zuflüstern.
        Ich rannte,
dem Fluss vertrauend, wenn er mit den
Wellen zuckte und unsere Gesichter vertauschte,
rannte durch einen Tag voller Unkraut,
nicht ahnend, wie viel Ferne
in eine Narbe passt.
        Jetzt weiß ich,
sobald eine Wolke bricht,
stürzt Blau herein und füllt die Leere –
der Himmel ist nur ein Gerücht über alles,
was wir verloren haben.
Überall, wohin ich sehe,
schwindet dein Schatten noch am Horizont.
Und ich renne
dir noch entgegen, mit
ausgebreiteten Armen.
Ich renne rückwärts
immer, Mama.

Anmerkungen der Übersetzerinnen

Seite 51
Nach Matija Gubec
Matija Gubec (* 1538, † 1573) war der Anführer des kroatisch-slowenischen Bauernaufstands. Nach der blutigen Niederschlagung der Erhebung wurde der »Bauernkönig« am 15. Februar 1573 in Zagreb öffentlich unter grausamer Folter und durch Aufsetzen einer glühenden Krone hingerichtet und anschließend gevierteilt. Im sozialistischen Jugoslawien und im heutigen Kroatien wird er als Held verehrt.

Seite 51
Inna nahnu nuhyee almawta
(arab.) *Wir (allein) machen die Toten (wieder) lebendig*, lautet der Anfang der 12. Zeile der 36. Sure des Koran, auch als Sure Ya-Sin bezeichnet.

Seite 95
Ich nenne sie Ḥaqq. *Ich nenne sie* Nūr
In der islamischen Tradition Synonyme für »Allah« (»Gott«), die zu den »schönen Namen Gottes« zählen. Jeder der traditionellen 99 Namen steht für eine Eigenschaft Gottes. »al-Ḥaqq« bedeutet »der Wahre«, »an-Nūr« bedeutet »das Licht«. Der hundertste Name Gottes ist nach islamischer Auffassung unaussprechlich und den Menschen unbekannt.

Seite 103

die Bahnstrecke Brčko – Banovići

Eine 92 Kilometer lange Bahnstrecke im Norden Bosniens, die 1946 zum Wiederaufbau des Landes von einer Jugendbrigade (*omladinska radna akcija, ORA*) im sozialistischen Jugoslawien angelegt wurde. Über 60 000 Jugendliche stellten die Strecke in einer Rekordzeit von 190 Tagen fertig – unbezahlt, bei kostenloser Unterkunft und Verpflegung.

Sadržaj

Inhalt